マドンナメイト+

奥さん、丸見えですが…

葉月奏太

JN075540

第1章　右の乳房に黒子が　7
第2章　刺激的な下着　62
第3章　お願い、今夜だけ　123
第4章　女医の悶絶治療　171
第5章　見えていたのは――　218

奥さん、丸見えですが…

第一章　右の乳房に黒子が

1

小倉正樹《おぐらまさき》は腕時計を確認すると、走る速度をさらにあげた。

昨夜、スマートフォンのアラームをセットせずに寝てしまった。はっと目が覚めたときには、すでにいつも家を出る時間をすぎていた。

ふだんからギリギリまで寝ているため、寝坊すると取り返しがつかない。慌ててスーツに着替えると、なにも食べずに部屋を飛び出した。

（やばいぞ……）

駅に向かって走りながら、遅刻の言いわけを考える。

だが、なにも思いつかない。八月に入り、朝から気温が高くなっている。早くも額に汗が浮かび、こめかみを流れ落ちていた。

正樹は二十三歳の会社員だ。今年の春、冷凍食品の製造販売を行う七福神フーズに入社した。営業部に配属されて五か月が経ち、ようやく仕事に慣れてきたと思った矢先に寝坊してしまった。課長に怒鳴られると思うと、焦りが大きくなっていく。

(なにか言いわけを……)

必死に考えながら速度をあげる。

ひとり暮らしをしているアパートから最寄りの駅まで、普通に歩けば十分ほどだ。この住宅街を抜けると駅が見える。この調子なら五分程度の遅刻ですむかもしれない。

ブロック塀に沿って、全力で走りつづける。突然、自転車のキキーッという甲高いブレーキ音が響きわたった。その直後、硬いものが頭にぶつかり、正樹は弾き飛ばされて尻餅をついた。

「痛っ……」

両手で頭を抱えこみ、思わず呻く。ぶつかった左側頭部を擦り、顔をしかめながら周囲に視線を向ける。

すぐ近くに自転車が倒れていて、女性が頭を抱えてしゃがみこんでいた。どうやら、彼女とぶつかったらしい。ブロック塀の曲がり角で視界が悪く、出会い頭に衝突してしまったのだ。

彼女は顔をうつむかせて、右の側頭部を正樹と同じように懸命に擦っている。セミロングの黒髪が垂れかかっているため、表情は確認できない。しかし、相当痛いのだろう、呻く声が聞こえていた。

「あ、あの……大丈夫ですか？」

正樹はなんとか立ちあがって声をかける。まだ目眩《めまい》がするが、フラフラと歩み寄った。

「す、すみません……」

女性が顔をあげて、苦しげな声で謝罪する。

まだ頭が痛むらしく、眉間に縦皺を寄せていた。しかし、それでも顔立ちが整っているのはひと目でわかる。年のころは三十前後だろうか。艶やかな黒髪が風にサラサラとなびいていた。

「お、俺のほうこそ、すみません」

美貌に惹《ひ》きつけられながら、正樹も謝罪する。そして、迷ったすえに手を差し出した。

「た、立てますか？」

「ありがとうございます」

一瞬、女性は驚いた顔をしたが、素直に正樹の手をつかんだ。

（や、やわらかい……）

こんな状況だというのに、彼女の手のひらの感触にドキドキしてしまう。

なにしろ、正樹は奥手な性格が災いして、まだ女性とつき合ったことがないのだ。大学生のうちに恋人を作り、童貞を卒業したいと思っていたが、叶わないまま社会人になっていた。つかんだ彼女の左手薬指にはリングが光っている。どうやら既婚者らしい。

「あっ……」

目眩がしたのか、彼女がバランスを崩しかける。正樹はとっさに手を伸ばして、腕をつかんだ。

「ゆっくり立ったほうがいいと思います。俺も、さっきまでフラフラしてましたから」

「え、ええ……」

彼女は身体の状態を確認するように、ゆっくり立ちあがる。どうやら、目眩は治まったように見える。

「あの、お怪我は……」

正樹が声をかけると、彼女は自分の身体を見まわしてチェックする。

白い半袖ブラウスに明るい緑のフレアスカートという服装だ。清楚な人妻という感じで、ついつい視線が引き寄せられてしまう。

ブラウスの胸のふくらみは大きく、腰はしっかりくびれている。スカートに包まれた尻はむっちりしており、清潔感が溢れるなかに大人の女性の色気が感じられた。

「大丈夫みたいです」

彼女がつぶやき、正樹は慌てて視線を引き剝がす。そして、倒れたままだった彼女の自転車を起こした。

「すみません。ありがとうございます」

「いえ……」

返事をしながら、ついチラチラ見てしまう。会ったばかりなのに、彼女の美しさが気になって仕方がない。

「わたしのせいで本当にごめんなさい。あなたは大丈夫ですか?」

潤んだ瞳で見つめられた瞬間、胸を射貫かれた気がした。彼女のやさしさが伝わり、ふらふらと惹き寄せられそうになった。

「俺はたいしたこと――うっ」

突然、頭に鋭い痛みが走った。

思わず顔をしかめて、ぶつけた左側頭部に手を当てる。視界がぐにゃりと歪んで、またしても目眩に襲われた。両足を踏ん張り、なんとか耐えていると、すぐに目眩は治まった。

しかし、

(えっ、こ、これは……)

目の前に立っている彼女が、なぜか下着姿になっている。

純白のブラジャーとパンティだけを身につけて、心配そうに正樹の顔を見つめていた。レースがあしらわれた下着が、大人の彼女に似合っている。カップで寄せられた乳房の谷間は白くてやわらかそうだ。パンティが貼りついた恥丘のふくらみも生々しい。

（な、なんだ……どうなってるんだ？）

目を強く閉じて手の甲で擦る。そして、再び目を開くと、彼女はきちんと服を着ていた。

「また目眩がしたんですか？」

「え、ええ……い、いや、大丈夫です」

声をかけられて、正樹は慌てて言葉を返す。懸命に平静を装うが、なにが起きたのかわからず動揺していた。

（さっきのは、なんだったんだ？）

何度も目を瞬かせる。しかし、そんなことをしたところで、下着が見えるはずもない。

（気のせい……いや、俺の妄想かも……）

彼女があまりに魅力的だったため、無意識のうちに下着姿を想像したのだろうか。気づかれていないとはいえ、いきなり失礼なことをしてしまった。

「本当に大丈夫ですか？」

「え、ええ……」

そう答える間も胸の鼓動は治まらない。そのとき、ペニスが硬くなっていることに気づいて、慌てて背中を向けた。

「で、では、これで……」

勃起がバレないように、急いで立ち去ろうとする。ところが、背後から腕をつかまれた。

「待ってください」

縋《すが》るような声だった。首だけひねって振り返ると、彼女が潤んだ瞳で見つめていた。

「頭を強く打ったから心配です。悪いのは自転車に乗っていたわたしです。なにかあったときのために連絡先を教えてください」

「で、でも、遅刻しちゃうから……」

本当は勃起が気になって仕方がない。スラックスの股間がテントを張っているので、体を正面に向けることはできなかった。

「お願いします。わたしは――」

彼女は先に自分の名前と連絡先を告げた。

原田優梨子《はらだゆりこ》、近所に住んでいる主婦だという。口頭で伝えられた電話番号を急いでスマホに登録した。

「どうか、あなたの連絡先も教えていただけませんか」

優梨子は真剣な表情で見つめている。先に彼女の連絡先を聞いたこともあり、ここで断るのもおかしい気がした。

「こ、これを……」

正樹は内ポケットから名刺を取り出すと、股間を見せないように前を向いたまま上半身をひねる。不自然な体勢だが仕方ない。

「そこにスマホの番号が書いてあります。では……」

優梨子が名刺を受け取ると、正樹は急いで歩き出す。

その直後、背後ではっと息を呑む気配がした。反射的に振り返ると、名刺を手にした優梨子が立ちつくしていた。なぜか目を見開いて、こちらをじっと見つめている。

(なんだ?)

正樹が逃げるように歩き出したので驚いたのだろうか。

不思議に思うが、勃起しているので早く離れたい。優梨子と目が合うと、軽く会釈して歩調を速めた。

(やばい、完全に遅刻だ。でも遅刻の言いわけができたな)

正樹は時間を確認すると、急いで駅に向かう。

しかし、脳裏には優梨子の下着姿が浮かんでいる。左側頭部にはまだ鈍い痛みが残っているが、そんなことより美麗な女性と出会った喜びのほうがはるかに大きかった。

(でも、優梨子さんは人妻なんだよな……)

そう思うと残念な気もするが、そもそも自分と釣り合うはずがない。念のため連絡先は交換したが、おそらく二度と会うことはないだろう。

2

駅から走ったため、会社に到着したときは汗だくになっていた。

オフィスのドアの前で立ちどまり、額の汗をハンカチで拭う。しかし、すぐに汗が滲んで、こめかみを流れ落ちていく。

(事故に遭ったことを正直に話せば大丈夫だ)

心のなかで自分に言いきかせる。

すでに始業時間を十五分もすぎている。いきなり、課長に怒鳴られるのは間違いない。強面でいかにも体育会系の課長がどうにも苦手だ。遅刻の正当な理由があっても、逃げ出したい衝動に駆られてしまう。

「ちょっと……」

ふいに背後から声をかけられて、肩がビクッと跳ねあがる。

恐るおそる振り返ると、そこには柿谷《かきや》朱音《あかね》が立っていた。朱音は正樹の二年先輩で、先月、二十五歳になったばかりだ。明るい色の髪は大きくウエーブがかかっており、グレーのジャケットの肩を撫でた。

「そこにいられると、入れないんだけど」

朱音は腕組みをして、切れ長の瞳で正樹をにらんでいる。

どうやら、トイレから戻ってきたところらしい。クールな美貌のせいで、黙っていると不機嫌そうに見える。実際、勝ち気な性格で、課長に食ってかかっているのを何度か目撃していた。

(や、やばい、よりによって朱音さんかよ)

正樹は思わず頬の筋肉をひきつらせる。

課長の次に苦手なのが朱音だ。怒られたことはないが、今にも怒りそうな雰囲気が常に漂っている。もともと気が弱い正樹は、朱音の鋭い目つきを見ただけで畏縮していた。

ただし、顔が美しいだけではなくスタイルも抜群だ。

大きな乳房がブラウスとジャケットを押しあげており、タイトスカートに包まれた尻はムチッとしている。腰が締まっているため、なおさら乳房と尻のボリュームが強調されていた。

「なに見てるのよ。どいてくれない?」

朱音の眼光がさらに鋭くなり、正樹はおどおどと視線をそらす。

「す、すみません」

慌てて廊下の端に避けると、背中を壁にぴったり貼りつけた。

朱音が目の前を通り、ドアレバーをつかむ。だが、オフィスには入らず正樹に視線を向けた。

「ところで、なにやってるの?」

抑揚を抑えた声だ。正樹の態度に異変を感じたのかもしれない。なにかを探るような目になっていた。

「べ、別に、なにも……」

正樹の声はどんどん小さくなっていく。

　遅刻したことを告げれば怒られる。自転車とぶつからなければ、もう少し早く出勤できたはずだが、いずれにせよ遅刻していた。事故のことを理由にするつもりだが、寝坊もしていたため、うしろめたさは残る。

「ずいぶん汗をかいてるわね」

　朱音がさらに言葉を重ねる。なにかを感じ取っているのは間違いない。下手な言いわけは許さない空気になっていた。

「そ、それが、ちょっと……」

「遅刻したんでしょ」

　逡巡していると、いきなり図星を指された。

「す、すみませんっ」

　正樹は反射的に頭をさげる。朱音が怒り出すと思って、無意識のうちに肩をすくめて目を強く閉じた。

「別に謝らなくてもいいわよ」

　意外にも朱音の声は穏やかだった。

　正樹は肩をすくめたまま、恐るおそる目を開く。すると、朱音は呆れたような表情で見つめていた。

「なにビクビクしてるのよ。わたし、そんなに怖く見える？」

「はい……あっ、い、いえ、そんなことは……」

思わず同意して、直後にはっとする。慌てて必死に否定するが、それでも朱音は怒らなかった。

「まあ、いいわ。みんながわたしのことをどう思っているのか、なんとなくわかっているから」

「すみません……」

正樹は再び頭をさげる。遅刻したことより、彼女に申しわけないことをした気持ちが強かった。

「早く入りなさいよ。今なら課長も気づいてないわよ」

「えっ、俺がいないのに気づいてないんですか？」

「普通に仕事をしてるわ。そっと入れば大丈夫よ」

朱音は遅刻をいっさい咎《とが》めてこない。

予想外の展開だ。てっきり怒られると思った。課長に至っては、正樹がいないことに気づいていないという。安堵すると同時に別の不安が湧きあがる。部下が出勤していなければ、上司ならどうしたのか気になるのではないか。

「もしかして、俺、クビにされるんじゃ……」

「違う違う。そんなわけないでしょ」

朱音が即座に否定する。

「じゃあ、どうして課長は怒ってないんですか？」

今ひとつ状況が把握できていない。正樹は課長の考えていることがわからず首を傾げた。

「だって、小倉くん、もともと存在感が薄いじゃない。いなくても、すぐには気づかれないわよ」

朱音はさらりと言うが、それはそれでショックだった。

「俺って、そんな感じですか……」

「落ちこんでいる場合じゃないわよ。こういうときは、さりげなく入って自分の席につけばいいの」

「も、もしバレたら……」

「だから大丈夫だって。あなたは存在感がすごく薄いんだから」

そんなことを自信満々に言われても、ますます傷ついてしまう。しかし、確かに今は落ちこんでいる場合ではなかった。

「大丈夫。わたしも五分くらいなら遅刻することあるから」

「そうなんですか？」

「ええ、課長だって遅刻することはあるんだから、気にすることないわ」

朱音が力強く頷いた。

どうやら、みんなときどき遅刻しているらしい。実際、それが問題になったことは一度もないという。

「でも、タイムカードは……」

「そんなの押し忘れたって言えばいいのよ。課長に言ったら怒るけど、係長なら許してくれるから」

朱音は遅刻したときの対処法を完全に把握しているようだ。

話しかけづらい雰囲気があり、これまで朱音とほとんど言葉を交わしたことはなかった。しかし、実際に話してみると、ぶっきらぼうなところはあるが人は悪くないらしい。

彼女の言うとおりにすれば、この窮地を乗りきれる気がする。

「どうしたらいいですか？」

「ビクビクするんじゃないわよ。トイレから戻ってきたような顔をして、堂々と歩きなさい。じゃあ、わたしといっしょに入るわよ」

朱音はそう言うと、ドアを開けてオフィスに足を踏み入れる。正樹は慌てて彼女のあとを追いかけた。

オフィスでは大勢の社員がパソコンに向かっている。窓際の席には課長の姿もあるが、こちらを気にしている様子はない。正樹は緊張しながら自分の席に向かうと、さりげなさを装って席についた。

(よ、よし、誰も気づいてないぞ)

全身汗だくだが、とりあえずほっとする。離れた場所に立っている朱音を見やると、口もとに微笑を浮かべていた。

(朱音さん……ありがとうございます)

心のなかで礼を言う。

彼女の助言がなかったら、今ごろ課長に怒鳴り散らされていたところだ。意外なやさしさに触れて、好感度が一気にアップした。

(えっ……)

そのとき、危うく大きな声が漏れそうになった。

なぜか朱音が下着姿になっていた。しかも、勝ち気なイメージとは異なり、意外にも淡いピンクの愛らしいブラジャーとパンティだ。胸の谷間とパンティのウエスト部分には、小さなリボンまでついていた。

ほんの一瞬、目を離した間に、どうやって服を脱いだのだろうか。いや、そんなことより、なぜオフィスで下着姿になっているのか。

(あ、朱音さん、なにを……)

わけがわからず、正樹は思わずオフィス内を見まわした。

ほかの社員たちは、朱音の格好に気づいていない。朱音はみんなが仕事をしているなかで、ひとりだけ下着姿でオフィスのなかを歩いている。そして、自分の席に座ると澄ました顔でパソコンに向かった。

まさか、露出癖があるのだろうか。しかし、あまりにも無謀すぎる。今ならまだ誰も気づいていない。すぐに服を着るべきだ。

(朱音さん、やばいですよ)

声をかけたいが、そんなことをすれば注目を集めてしまう。

しかし、みんな仕事に集中しているのかもしれないが、あまりにも異様な光景だ。同僚が下着姿だというのに、目に入らないのだろうか。

(あれ?)

オフィス内を見まわして朱音に視線を向ける。すると、いつの間にか、グレーのスーツを身につけていた。

（な、なんだ？）

瞬きをくり返して、手の甲で目を何度も擦る。そして、もう一度、朱音を見るが、やはりスーツをしっかり着ていた。

（おかしいな……）

思わず首を傾げる。

なにが起きたのかわからない。優梨子のときと同じように、また無意識のうちに妄想していたのだろうか。

女性の下着姿を想像したことなら何度もある。しかし、想像と現実の区別がつかなくなることなど、これまで一度もなかった。それなのに、今日はすでに二度も同じことが起きていた。

（どうなってるんだ？）

不思議に思いながら目を擦り、朱音の姿を凝視する。しかし、もちろん下着が透けて見えることはなかった。

（だよな……）

ほっとすると同時に残念な気持ちになる。

自分にそんな特殊な能力などあるはずがない。やはり、ただの妄想だ。そもそも、淡いピンクの下着はイメージが違いすぎる。朱音なら黒い下着を選ぶのではないか。そのほうが彼女の性格に合っている気がした。

（どうして、ピンクを想像したのかな？）

自分の妄想を疑問に思う。

もしかしたら、朱音がやさしくしてくれたので、イメージが黒からピンクに変わったのかもしれない。とはいっても、すべては自分の妄想の話だ。

（バカだな。俺はなに考えてるんだ。今日はなんだかヘンだぞ）

正樹は思わず苦笑を漏らすと仕事に取りかかった。

3

午後五時、正樹は外まわりから会社に戻ってきた。

七福神フーズの営業部に所属しており、取引先の小売店をまわるのも重要な仕事のひとつだ。今日は新製品の売りこみをして、注文を取ってきた。それを今からパソコンに打ちこみ、工場に発注しなければならない。

(今日はまだ帰れないな……)

廊下を営業部のオフィスに向かって歩いていく。そして、備品庫の前を通りかかったとき、ちょうど朱音が姿を見せた。

「どうも、おつかれさまです」

正樹はぺこりと頭をさげる。今朝のことがあってから、朱音に抱いていた苦手意識が薄らいでいた。

「お疲れ。今、帰ってきたの?」

朱音も軽い調子で話しかけてくる。コピー用紙の束を抱えており、ずいぶん重そうだ。

(あっ……)

そのとき、またしても朱音が下着姿になっていた。

淡いピンクのブラジャーとパンティだけを身につけて、平然とした顔をしている。まったく恥ずかしがる様子もなく、コピー用紙の束を手にして正樹の前に立っているのだ。

カップで寄せられた乳房の谷間に視線が吸い寄せられる。いかにも柔らかそうで、触れてみたい衝動に駆られた。

(ダ、ダメだ。ヘンなことを考えるな)

心のなかで自分に言い聞かせる。

これは今朝の妄想のつづきに違いない。朱音の好感度があがったことで、つい下着姿を想像しているのだ。

懸命に自分を戒《いまし》める。そのとき、彼女の左腕が目に入った。

(痣《あざ》だ……)

前腕部に痣ができていた。

どこかにぶつけたのかもしれない。それほど大きくはないが、肌が雪のように白いため、青黒い痣がよけいに目立っている。まるでハートのような形をした痣だった。

「て、手伝います」

正樹はとっさに手を伸ばすと、コピー用紙の束をすべて受け取った。

「持ってくれるの?」

朱音が驚いた声をあげる。そして、すぐに柔らかい笑みを浮かべた。

(へえ、こんな顔で笑うんだ……)

正樹は思わず見惚れてしまう。

いつもツンとしているイメージで、笑顔を見たことはほとんどない。より魅力的な表情になり、気づくと引きこまれていた。

「ありがとう。助かるわ」

目を見て礼を言われると照れくさくなる。正樹は顔が熱くなるのを感じて、彼女から視線をそらした。

（バカだな、俺……）

心のなかで自嘲ぎみにつぶやく
下着と同様、痣も妄想に違いない。それなのに、とっさに手伝いを買って出てしまった。そんな自分に呆れるが、朱音は喜んでいる。結果としては、よかったのかもしれない。

まさか、卑猥な妄想がよい結果につながるとは意外だった。

「小倉くんってやさしいんだね」

「べ、別に、俺は……」

女性に褒められることはめったにない。うれし恥ずかしい気持ちになり、耳まで熱くなってしまう。

——腕にそんな痣があれば誰だって手伝いますよ。

照れ隠しに思わず口走りそうになる。

(おっと、それは俺の妄想だったな)

なんとか言葉を呑みこんで、朱音の腕をチラリと見やる。

しかし、腕はグレーのジャケットに覆われていた。もう淡いピンクのブラジャーもパンティも見えなくなっている。あれほどリアルだった妄想は、残念ながら終わってしまった。

(これでいいんだ……)

小さく息を吐き出して気持ちを落ち着かせる。

妄想がつづいていたら、ペニスが反応するところだった。実際、ボクサーブリーフのなかで、亀頭がふくらみかけている。なんとか危機を乗り越えたので、また妄想しないように気をつけなければならない。

(それにしても……)

今日はどうかしている。

朝から卑猥な妄想ばかりしていた。自覚はないが欲求不満が溜まっているのだろうか。童貞なので、早くセックスを経験したいと思っている。その欲望が高まっているのかもしれない。

(とくに仕事中は気をつけないとな……)

自分に言い聞かせて、オフィスに向かって歩き出す。

隣を歩く朱音は楽しげにニコニコしている。正樹が手伝ったことが、よほどうれしかったらしい。ふだんは取っつきにくい印象だが、笑顔はやさしげで好感が持てた。

「じつは、昨日、転んじゃったのよね」

朱音がぽつりとつぶやいた。

よく転んだり、どこかにぶつけたりするという。彼女の意外な一面を知り、また少し距離が縮まった気がした。

「どこで転んだんですか？」

「自分の部屋よ。それで腕をぶつけて、ちょっと痛いの。これ見てよ」

朱音が左腕のジャケットとブラウスを肘までまくりあげる。そして、前腕部を剝き出しにした。

「ほら、ここなんだけどさ」

右手の指で示した部分が青黒く変色している。白い皮膚に痛々しい痣ができていた。

「ど、どうして……」

　正樹は思わず息を呑んだ。

「ちょっと、そんなに引かないでよ。こんなのたいしたことないでしょ。なんかハートみたいな形で、かわいいじゃない」

　朱音はそう言って笑い飛ばす。だが、正樹は頰の筋肉がこわばり、どうしても笑うことができなかった。

（こ、この痣……）

　先ほど妄想した痣とまったく同じだ。

　もしかしたら、妄想ではなく実際に見たものだったのだろうか。いや、彼女の前腕部はジャケットとブラウスで覆われていたので、絶対に見えないはずだ。しかし、正樹が妄想した痣もハート形だった。

（おかしいぞ……）

　どういうことなのか、さっぱりわからない。

　先ほど妄想していた痣が、なぜか実際に彼女の身体にできている。色も形もまったく同じだ。単なる偶然とは思えなかった。

「課長にコピー用紙を取ってこいって言われたんだよね。ほんと人使いが荒いんだから。わたしは雑用係じゃないっての」

朱音は文句を言いながらも、どこか楽しげだ。

「ねえ、仕事が終わったら、いっしょにご飯、行かない？」

唐突に朱音が提案する。

「はい？」

一瞬、意味がわからず、正樹は彼女の顔を見返した。

「手伝ってくれたお礼にご馳走してあげる」

「そ、それほどのことは……」

まさか食事に誘われるとは思いもしない。恐縮してつぶやくと、朱音が切れ長の目でにらんできた。

「まさか、断るつもりじゃないわよね」

こちらの予定も聞かず、かなり強引だ。しかし、美しい先輩に誘われて、悪い気がするはずもない。

「い、いいんですか？」

「当たり前じゃない。じゃあ、決まりね」

朱音は一転して笑顔になり、正樹の背中をパンッとたたいた。

「痛っ……」

思わず顔をしかめるが、そんな背中の痛みもなぜかうれしかった。

4

朱音に案内されたのは、会社から離れたところにある居酒屋だった。

個室になっており、テーブルを挟んで向かい合わせに座っている。普通なら人目を気にせずゆっくりできる席だ。しかし、正樹の場合は逆に落ち着かなくなってしまう。

（参ったな……）

女性とふたりきりというだけでも緊張するのに、個室だとなおさらだ。まともに顔を見ることもできず、正樹はあたりに視線をさまよわせていた。

「とりあえず、ビールでいい？」

朱音はそう言いながら、店員を呼ぶボタンを押した。

「はい、ビールで……」

正樹が返事をした直後、店員がやってくる。朱音はすかさずビールの中ジョッキをふたつ注文すると、メニューを正樹に差し出した。

「好きなもの、なんでも頼んでいいわよ」

そう言われても、この状況で食欲など湧くはずがない。とはいっても、なにか頼まなければ、朱音の機嫌が悪くなりそうだ。

「で、では、唐揚げを……」

「ほかには？」

「え、えっと……ポテトフライと揚げ出し豆腐はどうでしょうか？」

慌てて目についたものを読みあげた。

「いいね。あとサラダも頼もうかな」

朱音は再び店員を呼ぶと、食べ物を注文する。そのあと、すぐにビールが運ばれてきた。

「じゃあ、乾杯っ」

「か、乾杯……」

すっかり朱音のペースになっている。とにかくジョッキを手にすると、よく冷えたビールを喉に流しこんだ。

「やっぱり、仕事のあとはこれだよね」

朱音がそう言って笑う。

会社ではひとりでいることが多く、ほとんど笑顔を見せない。そんな朱音の楽しげな表情が新鮮で、正樹はますます緊張してしまう。

やがて食べ物が運ばれてくる。勧められて口に運ぶが、とてもではないが味わう余裕はない。とりあえず胃に収めているだけだ。

「ずっと黙ってるけど、ひょっとして……つまらない？」

ふいに朱音がつぶやいた。

顔を見ると、怪訝《けげん》な表情になっている。正樹が黙りこんでいるのが気に入らないのかもしれない。

「い、いえ……じつは、緊張して……」

ヘンに取り繕っても逆効果だと思った。素直に告げると、朱音は意味がわからないといった感じで首を傾げた。

「どうして緊張するの？」

「女の人とふたりきりで食事をするなんて、はじめてで……」

奥手の正樹は、女性を誘ったことなど一度もない。もちろん、誘われたこともないので、家族以外の女性とふたりきりの食事はこれがはじめてだ。

「デートしたことないの？」

朱音が目をまるくして尋ねる。

童貞だということがバレた気がして、恥ずかしくなってしまう。正樹は慌てて視線をそらすと、こっくり頷いた。

「そうなんだ。ふうん……」

笑われるかと思ったが、なぜか朱音は楽しそうにしている。口もとに笑みを浮かべながら、正樹の顔を見つめていた。

「じゃあ、これが初デートだね」

「な、なに言ってるんですか……」

顔がカッと熱くなる。デートと言われただけで、猛烈な羞恥がこみあげた。

「あっ、赤くなった」

すかさず朱音が言葉をかけてくる。照れている正樹の反応がうれしいらしく、満面の笑みを浮かべていた。

「か、からかわないでくださいよ」

正樹は視線をそらして抗議する。だが、言った直後に朱音が気を悪くしたのではないかと気になった。恐るおそる顔を確認すれば、まだ笑みを浮かべていたのではっとする。

「ごめんごめん。小倉くんの反応がおもしろいから、ついね」

朱音はそう言ってビールをぐっと飲む。よほど楽しいのか、ずっとニコニコしている。仕事中は厳格で口うるさい朱音が、プライベートではこんなに打ち解けた感じで話をするとは意外だった。

(朱音さんって、本当はやさしい人なんだな)

正樹はビールの酔いもあって、朱音をぼんやり見つめていた。

もしかしたら、美人すぎて損をしているのかもしれない。黙っていると、どうしてもお高くとまっているように見えてしまう。男は話しかけづらく、同性からは嫉妬されるのではないか。

だから、正樹のように目立たない男を誘ったのだろうか。きっと、これは淋しさの裏返しだ。

(こんなに美人でやさしいのに……あっ!)

そのとき、朱音のスーツが透けて、白い素肌と淡いピンクのブラジャーが露になった。

（また妄想だ……）

心のなかでつぶやきながら、目の前の女体をまじまじと凝視する。

どうして、ふいに妄想がはじまってしまうのだろうか。卑猥なことを考えていたわけでもないのに、突然服が透けて下着が見えたのだ。

大きな乳房が形作る谷間はもちろん、白い首すじと細い鎖骨も色っぽい。肌はなめらかでしっとりしている。朱音がジョッキを手にすると、その動きに合わせて乳房がブラジャーのカップごと静かに上下した。

（す、すごい……）

思わず生唾を飲みこんだ。

自分の妄想だということはわかっている。わかっているが、目を離すことができない。童貞の正樹にとっては、股間を直撃する光景だ。

「どうかしたの？」

朱音が首を傾げる。

急に正樹が黙りこんだので、不思議に思ったらしい。真正面からまっすぐ目を見つめてきた。

「い、いえ……な、なにも……」

まさか卑猥な妄想をしているとは言えない。

平静を装ってごまかそうとするが、こうして話している間も視界の隅にはブラジャーと乳房の谷間が見えていた。

「なんか様子がおかしいわよ」

朱音が内心を探るような目を向ける。

視線が重なると、なおさら落ち着かなくなってしまう。正樹はそわそわして顔をうつむかせる。すると、またしても胸もとが視界に飛びこんだ。

（み、見ちゃダメだ……）

心のなかでつぶやくが、気になって仕方がない。

なにしろ、手を伸ばせば届く距離で、朱音が下着姿になっているのだ。大きな乳房の谷間はいかにも柔らかそうで、触れてみたい衝動がこみあげつづけている。テーブルの下で拳を握りしめてこらえるが、もはや視線をそらせなくなっていた。

「ちょっと……」

朱音の声が聞こえる。

それでも、正樹は乳房の谷間を見つめていた。右の乳房に黒子《ほくろ》があり、それがよけいに艶《なま》めかしい。肌が白くて染みひとつないため、黒子がひとつあるだけで目立っていた。

「小倉くんっ」

朱音の声が大きくなり、はっとして顔をあげる。すると、怒りの滲んだ目でにらまれた。

「は、はい……」

恐るおそる返事をするが、朱音は不機嫌そうに腕組みをする。そして、テーブルの上に乗り出すようにして顔を近づけた。

「どこ見てたの?」

声のトーンが低くなっている。

どうやら、胸もとに視線が向いていたことに気づいたらしい。むっとしているのがわかり、正樹はなにも言えなくなってしまう。

「ねえ、どこ見てたのよ」

「そ、それは……」

迫力に気圧されて言いよどむ。それでも、まだ淡いピンクのブラジャーが見えていた。

(み、見るな……絶対に見るなよ)

何度も自分に言い聞かせる。

しかし、朱音がにらんでいるので、まともに顔を見ることもできない。だからといって視線を落とせば、自然と胸もとが目に入ってしまう。またしても谷間を目にして、股間がズクリッと疼いた。

(や、やばい……)

慌てて顔を横に向けてごまかす。ところが、朱音はほんのわずかな瞬間を見逃さなかった。

「ほら、また見たでしょ」

両手で自分の胸もとを覆い隠す。そして、鋭い視線で正樹をにらみつけた。

(ま、まずい……これはまずいぞ)

怒鳴られるのを覚悟する。

思わず肩をすくめて目を強く閉じた。ところが、いつまで経っても彼女の怒声は聞こえない。

(どうしたんだ?)

そっと目を開けて確認する。すると、朱音は両手で胸もとを押さえたまま、なぜか頬をほんのり桜色に染めていた。

「小倉くんって、変わってるよね」

一転して穏やかな声になっている。先ほどまでの迫力は消え失せて、むしろ弱々しい感じさえした。

「男の人に見られることはあるけど、にらみ返すと普通はやめるよ。でも、小倉くんはずっと見てるんだもの……」

「す、すみません……」

どうすればいいのかわからず頭をさげる。今ひとつ、彼女の考えていることがわからない。

「謝らなくてもいいよ。ただ、意外に大胆なところもあるんだなと思って」

朱音はもじもじしながらつぶやいた。頬がますます桜色に染まり、瞳はしっとり潤んでいる。

(あれ?)

正樹は思わず心のなかでつぶやいた。

朱音がスーツ姿になっている。ようやく妄想が収まったようだ。

しかし、安心はできない。自分の意志に反して、卑猥なことばかり考えてしまうのだ。これから先が思いやられる。どうして、こんなことになってしまったのだろうか。

「キミ、会社だとおとなしくて目立たないでしょう。でも、本当の性格は違ったりするんじゃないの？」

「ど、どういう意味でしょうか」

「だって、あんなにジロジロ見られたことないから……」

朱音の声は消え入りそうになっている。顔をうつむかせて黙りこむと、一拍置いて上目遣いに見つめてきた。

「もっと見たいんでしょ？」

「そ、それは、その……」

意外なことを尋ねられて、正樹はしどろもどろになってしまう。

もちろん、できることならもっと見たい。妄想が終わってしまって、がっかりしている部分もある。しかし、朱音は会社の先輩だ。聞かれたからといって、正直に答えていいのか迷いがあった。

「遠慮してるのね」

朱音は勝手に解釈すると、少し考えこむような顔になる。そして、意を決したように口を開いた。

「わたしは……見てもらいたいけど……」

「はい?」

一瞬、聞き間違いかと思った。しかし、朱音は耳までまっ赤に染めて、あからさまに照れている。

(見てもらいたいって、どういうことだ?)

意味がわからず返答に窮してしまう。

まさか正樹が妄想していたことに気づいたわけではないだろう。朱音は服の上から胸を見られていたと思っている。もしかしたら、視線で興奮するタイプなのかもしれない。

「ねっ、行こう」

朱音が唐突に立ちあがる。そして、伝票を手にすると、正樹をうながしてレジに向かった。

5

「あ、あの……」

正樹は思わずとまどいの声を漏らした。

目の前にはダブルベッドがあり、どぎついショッキングピンクの光が降り注いでいる。狭い部屋で窓には分厚い遮光カーテンがかかっており、外の様子はうかがえない。

ここはラブホテルの一室だ。

朱音は居酒屋を出ると、正樹の手を引いて無言で歩きつづけた。そして、躊躇することなく、このラブホテルに入ったのだ。

「こ、ここで、なにを……」

言った直後に馬鹿なことを聞いたと思う。

童貞の正樹でも、ラブホテルがなにをする場所かは知っている。しかし、まさか朱音とふたりきりで、こんなところに来るとは思いもしなかった。

「わかってるくせに……」

隣に立っている朱音がつぶやき、ジャケットを脱いだ。

さらにブラウスのボタンを上から順にはずしていく。襟もとが開き、白い肌と細い鎖骨が露になる。

「あ、朱音さん……」

正樹は立ちつくしたまま身動きが取れない。ただ、朱音のことを呆然と見つめていた。

(な、なにを……お、俺は、どうすれば……)

なにしろ女性とキスをした経験すらないのだ。この状況では、どうすることもできなかった。ところが、正樹の視線を受けて、朱音は恥ずかしげに腰をよじらせる。

「そんなに見られたら……あぁっ」

鼻にかかった声を漏らすと、朱音はブラウスもあっさり脱いでしまう。すると、ブラジャーに包まれた乳房が露になった。

(なっ……ど、どうして?)

その瞬間、正樹は思わず両目をカッと見開いた。

朱音が着けているブラジャーは、驚いたことに先ほど正樹が妄想していたのと同じ淡いピンクだ。しかも、右の乳房の谷間には黒子がある。なぜかはわからないが、これも妄想とまったく同じだ。

(どうなってるんだ?)

こんな偶然があるだろうか。

正樹は立ちつくしたまま身動きができなくなってしまう。わけがわからず、ただブラジャーと黒子を凝視していた。

朱音はさらにスカートを脱ぐと、ストッキングもするすると引きさげる。片足ずつあげてつま先から抜き取り、淡いピンクのパンティが露になった。ウエスト部分に小さなリボンがある、かわいらしいデザインだ。

（お、同じだ……）

やはり見覚えがある。

妄想していたのと、寸分違わないパンティだ。正樹は下着姿になった朱音を前にして、興奮するのと同時に激しく困惑していた。

「見てるだけなんて……」

朱音が独りごとのようにつぶやき、腰をクネクネとくねらせる。正樹の熱い視線を感じて、羞恥に灼かれているのかもしれない。

「黙ってないで、なんか言って……」

朱音が拗《す》ねたように語りかけてくる。

だが、そう言われても正樹は言葉を発する余裕がない。興奮してペニスが疼いているのは事実だが、妄想と現実が重なっていることも気になっている。なにか言わなければと思うが、どうしても言葉が出なかった。

「なんか、目が怖いよ」

朱音が怯えたような声を漏らす。正樹は困惑して黙りこんでいるだけだが、なにか勘違いしているらしい。

「わかったわ。全部、脱げってことね」

朱音は強要されていると思ったのか、両手を背中にまわしてブラジャーのホックをはずす。とたんに乳房の弾力でカップが上方に跳ねあがり、双つの柔肉がプルルンッとまろび出た。

（おおっ、こ、これが、朱音さんの……）

思わず前のめりになって凝視する。

幼き日に母親の乳房を見たはずだが、その記憶はない。実質、これがはじめてナマで目にする女性の乳房だ。大きくてふっくらしており、朱音の呼吸に合わせてタプタプ揺れていた。

（す、すごい……すごいぞ）

もう目を離すことができない。

魅惑的な曲線の頂点に、ミルキーピンクの乳首がちょこんと鎮座している。見られることで興奮しているのか、硬くなっているのがわかった。

「恥ずかしい……」

朱音はそう言いながら、パンティにも指をかける。前屈みになり、ゆっくりおろしていく。そして、つま先から抜き取ると、ついに彼女は生まれたままの姿になった。

露になった恥丘には、黒々とした陰毛がそよいでいる。逆三角形に手入れされており、ぴったり閉じている内腿の奥が気になった。

「いや……」

凝視されて恥ずかしくなったらしい。朱音が両手で股間を覆い隠す。会社でバリバリ仕事をしている姿からは想像できない色っぽい仕草だ。朱音はもじもじしながら、濡れた瞳で見つめてきた。

「小倉くんも脱いで……」

そう言われてはっとする。

(ほ、本当に今から……セ、セックスを……)

急に現実に引き戻された気分だ。

心のなかで「セックス」とつぶやいただけで、興奮が一気にマックスまで跳ねあがる。先ほどからボクサーブリーフのなかで疼いていたペニスが、完全に芯を通して硬くなった。

美しい先輩と初体験ができる。このチャンスを逃す手はない。ついに童貞を卒業することができるのだ。

正樹は急いで服を脱ぎ捨てると裸になる。剝き出しになったペニスは、これ以上ないほど勃起していた。亀頭はパンパンに張りつめており、我慢汁でぐっしょり濡れている。

「もう、こんなに……すごいのね」

朱音の視線を感じて恥ずかしくなるが、手で隠すのも違う気がした。そのまま立ちつくしていると、朱音が歩み寄ってくる。

「小倉くんって、会社とはずいぶん印象が違うね。おとなしいフリして、本当はドSでしょ？」

「そ、そんなことは……」

「ごまかさなくてもいいよ。目を見ればわかるわ。あんなにジロジロ見られたら……興奮しちゃう」

完全に勘違いしている。正樹は妄想のことで困惑して、つい彼女の身体を凝視してしまった。きっと、その視線が意外で誤解を生んだのだろう。

「好きにしていいよ」

朱音は目の前まで迫ると、恥ずかしげにつぶやく。

しかし、そう言われても童貞の正樹はどうすればいいのかわからない。立ちつくしていると、彼女は正樹の首に腕をまわした。

「小倉くん……ンっ」

唇がそっと重なり、蕩けるような感触がひろがっていく。

これが正樹のファーストキスだ。奇跡のような柔らかさに感激して、頭のなかがまっ白になる。

(お、俺、キスしてるんだ……)

もう妄想のことなど、どうでもよくなった。

はじめてのキスで興奮が最高潮に高まり、ペニスがますます硬くなる。ガチガチに勃起した肉棒が彼女の下腹部に触れることで、快感がひろがっていく。我慢汁が溢れて、欲望が爆発的にふくらんだ。

「はンンっ……」

朱音が甘い吐息とともに、舌をヌルリと口内に侵入させる。

頬の内側や歯茎をねっとり舐めまわして、さらには奥で縮こまっている舌をからめとられた。

（す、すごい、気持ちいい……）

舌を唾液ごと吸われて、全身が溶けるような錯覚に囚われる。

キスがこんなに気持ちいいものとは知らなかった。舌を擦り合わせているだけで、先走り液がどんどん溢れてしまう。すでに彼女の下腹部まで、ぐっしょり濡れていた。

「こんなに硬くなって……ねえ、小倉くん」

朱音は唇を離すと、物欲しげな瞳で見あげてくる。そして、右手の指を太幹に巻きつけた。

「うっ……」

とたんに甘い快感がひろがり、思わず小さな呻き声が漏れる。

勃起したペニスを握られるのは、これがはじめての経験だ。指が巻きついているだけで、もう身動きができないほど感じていた。

（ど、どうすれば……）

早くセックスしたくてたまらない。しかし、なにしろ正樹は童貞だ。彼女を押し倒したところで、上手く挿入する自信はなかった。

「なにもしてくれないのね」

朱音が悲しげな目をして、ぽつりとつぶやいた。

「小倉くんが、こんなにドSだったなんて……」

やはり大きな勘違いをしているが、それを訂正する余裕はない。ペニスを握られており、亀頭の先端から透明な汁が溢れつづけていた。

「わたしにやらせるつもりなのね」

朱音はそう言うと、正樹をベッドに誘導して仰向けに押し倒す。そして、自分もベッドにあがるなり、いきなり股間にまたがった。

両膝をシーツにつけて、股間を突き出す大胆な格好だ。内腿の奥が剝き出しで、赤々とした陰唇がまる見えになっていた。

（こ、これが……）

インターネットの画像でなら見たことがあるが、ナマはこれがはじめてだ。

二枚の陰唇は、すでに大量の華蜜で濡れそぼっている。割れ目が物欲しげに開いており、新たな蜜が溢れ出していた。今にもウネウネと蠢き出しそうで、妙に生々しく映った。

「また見てる……ああっ、もう我慢できない」

朱音はペニスを握ると、亀頭を膣口に導いた。腰をゆっくり落として、自ら男根を迎え入れていく。

「ああンっ、お、大きいっ」

甘い声とともに亀頭が陰唇の狭間に呑みこまれる。とたんに膣口がキュウッと締まり、カリ首に密着した。

「くうッ……」

快感が押し寄せて、正樹はとっさに奥歯を食いしばる。

そうしなければ、あっという間に射精しそうだ。いくらはじめてとはいえ、いきなり暴発するのは格好悪い。もっとはっきりと童貞だと伝えていればよかったが、そんなことを言える雰囲気ではなかった。

(や、やった……やったぞ)

腹の底から悦びがこみあげる。

ついに童貞を卒業したと思うと、叫びたくなるほど昂った。それと同時に快感がどんどんふくれあがっていた。

熱い媚肉が亀頭を包みこんでいる。濡れた膣襞がからみついて、四方八方から刺激しているのだ。快楽の波が次から次へと押し寄せるため、一瞬たりとも気を抜けない。尻の筋肉に力をこめて、爆発しそうになる射精欲をなんとか抑えこんでいた。

「ぜ、全部、挿れてもいい？」

朱音がかすれた声で尋ねてくる。

そう言われて、まだ亀頭しか入っていないことを意識した。竿の部分まで膣に入ったら、きっと我慢できなくなってしまう。正樹は奥歯を強く食いしばったまま、首を左右に小さく振った。

「ああンっ、いじわる……焦らすつもりなのね」

朱音は小声でつぶやき、亀頭だけ呑みこんだ状態で腰をくねらせる。

またしても独自の解釈で、正樹がドSな指示をしたと思いこんでいた。挿入したいのに我慢して、両手を正樹の腹について亀頭だけを感じていた。

（ううっ、き、気持ちいい……）

彼女が腰を動かすことで、亀頭が膣のなかで揉みくちゃにされる。快感がひろがり、我慢汁がとまらなくなっていた。

結合部分から、クチュッ、ニチュッという湿った音が絶えず響いている。愛蜜の量も増えており、膣襞がからみつく感触もたまらない。快感は大きくなる一方で、正樹は射精欲をこらえて眉間に深い縦皺を刻みこんだ。

「そんなに怖い顔して……まだ我慢させる気なのね」

朱音は亀頭だけを膣に収めて、腰をくねらせている。正樹が焦らしていると思いこみ、挿入したいのを我慢していた。

「あっ……あっ……」

張り出したカリが、膣壁にめりこんでいる。その感触に酔っているのか、朱音は切れぎれの声を漏らしていた。

「も、もう……ああっ、もう……」

朱音の声が切羽つまってくる。

それでも、それ以上は挿入しない。焦らされることで興奮して、愛蜜を大量に垂れ流していた。

「お、小倉くん、触って……」

朱音は正樹の手を取ると、自分の乳房へと押し当てる。挿入は我慢するが、刺激を欲しているらしい。

（や、柔らかい……）

ほんの少し指を曲げるだけで、柔肉のなかに沈みこんでいく。乳房はいとも簡単に形を変えて、正樹の指を受け入れた。

両手で乳房をゆったり揉みあげる。下からすくいあげるようにしてこねまわすと、さらには先端で揺れている乳首をそっと摘まむ。とたんに女体がビクンッと震えて、膣口がさらに収縮した。

「はあアンッ」

「くおッ……し、締まるっ」

思わず呻き声が溢れ出す。

快楽が大きくなり、膣のなかで我慢汁が噴きあがるのがわかる。いよいよ射精欲をこらえられなくなってきた。

「ね、ねえ、小倉くん……欲しい」

朱音がもう我慢できないとばかりにおねだりする。

我慢できなくなっているのは正樹も同じだ。すぐに射精するのは格好悪いと耐えてきたが、これ以上はこらえられそうにない。

「あ、朱音さん……」

正樹は彼女のくびれた腰をつかむと、欲望にまかせて股間を突きあげる。尻をシーツから浮かせて、ブリッジするような体勢だ。ペニスが一気に根元まで埋まり、女体が大きく仰け反った。

「ひあああッ、い、いいっ」

朱音は顎を跳ねあげると、金属的な嬌声を響かせる。

亀頭が深い場所まではまり、欲していた快感が押し寄せたらしい。もしかしたら、今の一撃で絶頂に達したのかもしれない。彼女の下腹部が艶めかしく波打って、ペニスをギリギリと締めつけた。

「くううッ……」

射精欲がふくれあがるが、なんとか耐え忍ぶ。しかし、欲望はふくらみつづけている。このまま一気に達したい。連続で股間を突きあげて、ペニスを高速で出し入れする。

「おおッ……おおおッ」

「あああッ、は、激しいっ、はあああッ」

朱音が驚いた顔で見おろしたかと思うと、喘ぎ声が大きくなった。

ペニスが突きこまれるたび、女体をビクビクと震わせる。膣道全体がうねりはじめて、太幹を締めつけた。

「き、気持ちいいっ、くおおおッ」

ピストンは加速しつづける。無我夢中で股間を突きあげて、膣の奥まで亀頭をたたきこんだ。

「あああッ、あああッ、も、もうダメっ」

朱音が首を左右に振りたくる。押し寄せる快感が大きすぎるのか、涙を流しながら感じていた。

「イ、イキそうっ、ああああッ、イッちゃうっ」

彼女の声に誘われて、正樹も全力で腰を振る。ペニスをズンズン突きこみ、膣の感触に溺れていく。射精欲が限界まで膨張して、これ以上は抑えこめなくなっていた。

「おおおおッ、で、出るっ、出る出るっ、ぬおおおおおおおおッ！」

ついに愉悦の大波が押し寄せる。あっという間に呑みこまれて、沸騰した精液が勢いよく噴きあがった。快感が全身を貫き、目に映るものすべてがまっ赤に染まっていく。

「あああッ、あ、熱いっ、あああああッ、イ、イクッ、イクうううッ！」

朱音もよがり泣きを響かせて、絶頂へと昇りつめる。くびれた腰をくねらせながら、ペニスをこれでもかと締めつけた。

(す、すごいっ……おおおッ、最高だ)

自分でするのとは比べものにならないはじめての快感だ。女壺のなかで達して、大量の精液をドクドクと流しこむ。ペニスの脈動がとまらず、全身がいつまでも痙攣していた。

「あぁッ……あああッ」

朱音も快楽に酔いしれている。

ペニスを根元まで呑みこんだ状態で、腰をねちっこくよじらせていた。精液が吸い出されて、正樹は初体験の愉悦にどっぷり浸った。

第二章　刺激的な下着

1

（今日もいい天気だな……）

正樹は空を見あげて、思わず笑みをこぼした。

昨夜のことを思い返すと、つい顔がにやけてしまう。なにしろ、ついに童貞を卒業できたのだ。大人の男になったと思うと、うれしくて仕方がない。しかし、まさか朱音がはじめての相手になるとは……。

朱音には正樹が童貞という確信はなかったようだった。ただ身体の相性は抜群ではなかったらしい。すべてが終わったあと「これきりにしましょう」と言われて、少なからずショックを受けた。

とはいえ、もともと朱音に対して恋愛感情を抱いていたわけではない。昨日はたまたま、そういう流れになっただけだ。残念な気もするが、童貞を捨てることができただけでもよしとするしかないだろう。

(それにしても……)

昨日はおかしな妄想ばかりしていた気がしてしょうがない。

無意識のうちに女性の下着を想像していたらしく、それがまるで服が透けて見えるような感じがした。やけにリアルでついつい凝視してしまう。その結果、朱音とセックスすることになったのだ。

(あれはなんだったのかな……)

そんなことをぼんやり考えながら、駅に向かって歩いていく。

今朝はアラームでしっかり起きたので、時間に余裕がある。昨日は慌てていたため、自転車に乗っていた優梨子とぶつかってしまった。

(あの人、きれいだったよなぁ)

思い返すだけでうっとりする。

あれがきっかけとなって、お近づきになれたりしないだろうか。そんなあり得ないことを考えるが、今ひとつリアルな妄想にはならない。下着は詳細まで想像できたのに、どうしてだろうか。

（さすがに今日は会えないよな）

あの曲がり角が前方に見える。

昨日は急いでいたので出会い頭に衝突してしまったが、今日は慎重にブロック塀から顔を出した。

「あっ……」

次の瞬間、正樹は思わず大きな声をあげた。

角を曲がったところに自転車が停まっており、その横に女性が立っている。今日は水色の清楚なワンピースだ。ノースリーブで腕が剝き出しになっており、黒髪が柔らかく垂れかかっていた。

「ゆ、優梨子さん……」

思わず名前を呼んでしまう。言った直後に恥ずかしくなり、顔がカッと熱くなるのを感じた。

「おはようございます。昨日はすみませんでした」

なれなれしく名前を呼ばれたにもかかわらず、優梨子は気を悪くした様子もなく笑みを浮かべている。

「ど、どうも……お、おはようございます」

正樹も慌てて挨拶するが、緊張のあまり声がかすれてしまった。

「名前、覚えていてくれたのですね」

「え、ええ……あの、ここでなにを？」

不思議に思って質問する。彼女はここで自転車を停めて、なにをしていたのだろうか。

「もしかしたら、会えるかもしれないと思って」

優梨子はそう言って、まじめな顔で頷いた。

「俺に……ですか？」

「昨日のことが気になって。お身体の具合はどうですか？」

頭を打ったこともあり、心配していたらしい。顔を見つめられると、胸の鼓動が速くなった。

「まったく問題ないです。あの……優梨子さんは大丈夫ですか？」

少し迷ったが、今さら呼び方を変えるのもおかしい気がした。先ほどと同じように名前で呼んだ。

「わたしも大丈夫です。ただ……」

優梨子がなにかを言いかけて、途中で言葉を呑みこむ。なにか問題があるのだろうか。

「ふたりとも頭を打っていたから……」

「そ、そうですよね。なにかあったらと思うと、気になりますよね」

正樹は話を合わせて、うんうんと頷いた。

(やっぱり、きれいだな……それにやさしいし……)

そう思った直後だった。

急に視界がぼやけて、彼女の姿が歪みはじめる。首を傾げている間に、ワンピースの色がどんどん薄くなっていく。水色が溶けるように透明になり、白い素肌と純白の下着がいきなり見えた。

もはや女体にまとっているのは、昨日と同じようにレースがあしらわれた純白のブラジャーとパンティだけだ。清楚な雰囲気の優梨子が、突然、屋外で下着姿になっているのは衝撃的な光景だった。

(な、なんだ?)

思わず目を擦るが、やはり下着が透けている。

今は卑猥なことなど、まったく考えていなかった。それなのに突然、妄想がはじまるとは思えない。だからといって、優梨子が自分でワンピースを脱ぐはずもない。それに服がだんだん透けていく過程を目にしたのだ。もはや、なにがなんだかわからなくなってきた。

優梨子は目の前で下着姿になっている。恥ずかしがるわけでもなく、ごく自然に振る舞っていた。

(ダ、ダメだ、見るな……)

心のなかで自分に言い聞かせる。

とにかく、懸命に視線をそらした。じろじろ見ていれば、昨日の朱音のように視線に気づかれてしまう。横を向いたり、地面を見つめたりして、女体が視界に入らないようにした。

「あの……ご迷惑でしたか？」

優梨子が遠慮がちに語りかけてくる。正樹が視線をそらしたことで、誤解を与えてしまったようだ。

「い、いえ、そういうわけでは……」

慌てて視線を戻すと、やはり下着姿が目に入ってしまう。

なぜか優梨子は白いブラジャーとパンティだけを身につけて、目の前に立っているのだ。乳房の谷間が気になり、慌てて視線をさげる。すると、今度はパンティが貼りついた恥丘のふくらみが目に入った。昨日見たのと同じような、なめらかな曲線に思える。

（くっ……どうなってるんだ？）

懸命に女体から視線を引き剝がし、彼女の顔だけに集中する。じっと見つめれば、優梨子は柔らかい笑みを浮かべた。

「昨日のお詫びをさせてください」

「お気になさらずに……俺も悪かったんですから」

正樹は恐縮してつぶやくが、優梨子も引こうとしない。自転車に乗っていたことで責任を感じていた。

「わたし、近くの喫茶店でアルバイトをしているんです。コーヒーをご馳走しますから、ぜひ来てください」

優梨子は喫茶店の名前を告げる。

入ったことはないが、店の前を通ったことはある。確か、看板に珈琲専門店と書いてあるレトロな外観の喫茶店だ。

「水曜日が定休日で、夜七時に閉店です。わたしはほぼ毎日いますから」

「わ、わかりました。ち、近いうちに……」

顔だけを見るようにしても、白い肌がどうしても視界に入ってしまう。緊張感が高まると同時に、ペニスが頭をもたげはじめる。このままだとスラックスの前が張りつめるのは時間の問題だ。

「で、では、これで……」

正樹は腕時計を見やり、彼女に背中を向ける。駅に向かって歩き出すと、熱い視線を感じた。

気になって振り返れば、優梨子が自転車の横に立ちつくしている。頰がやけに赤く見えるのは気のせいだろうか。視線が重なると、彼女は慌てた感じで顔をそむけて自転車にまたがった。

優梨子はワンピース姿に戻っている。

視界からはずれたのは、わずか数秒だけだ。その間に服を身につけることができるとは思えない。やはり最初から服は着たままだったと考えるのが自然な気がする。

（俺の目、どうなってるんだ？）

なにが起きているのか、さっぱりわからない。

最初は妄想だと思っていたが、どうも違う気がする。あり得ないことだが、実際に服が透けて見えているように感じた。

2

今日は遅刻せずに出社した。

タイムカードを押して、自分の席につく。そのとき、隣の席の水野美奈代《みずのみなよ》と目が合った。

「おはようございます」

正樹が挨拶すると、美奈代は穏やかな笑みを浮かべた。

美奈代は二十八歳の先輩ＯＬだ。物静かで、やさしい顔立ちをしている。ダークブラウンの髪が艶やかで、いつも微笑を湛えている淑やかな女性だ。仕事はできるが、決して後輩を怒ることはない。会社では厳しい朱音とは正反対のタイプだ。とにかく穏やかなので、それほど緊張せずに話ができた。

ライトグレーのスーツに包まれた女体はむっちりしている。胸もとは張りつめているのに腰は締まり、尻には脂がたっぷり乗っていた。

「おはよう。今日は早いのね」

美奈代がにこやかに挨拶を返す。

深い意味はないと思うが、昨日、正樹は遅刻している。内心ドキリとして、美奈代の顔を見やった。

「どうかしたの?」

「い、いえ……」

正樹は慌ててパソコンのモニターに視線を向ける。

遅刻に気づいていたのなら、昨日のうちに注意されていたはずだ。それに穏やかな性格の美奈代が、まわりくどい言い方をするとも思えない。

(でも……)

気になって隣にチラリと視線を向ける。

ふだん怒らない人が怒ると怖そうだ。指摘される前に、自分から遅刻のことを話して謝っておくべきだろうか。

美奈代は静かにキーボードを打ち、書類を作成している。モニターを見つめる表情はいつものように穏やかだ。鼻梁が高くて、白い肌は艶々している。やはり怒っている様子はなかった。

(どうして、独身なんだろう?)

ふと疑問が湧きあがる。

これほどの美貌を持ちながら、美奈代は恋人がいないという噂だ。社内の男たちが何人もアタックして、ことごとく玉砕したという話を聞いたことがある。しかし、入社以来、浮いた話はひとつもないらしい。

(でも、彼氏はいるよな)

美奈代は二十八歳の健康的な女性だ。

プライベートのことはあまり話さないだけで、きっと社外につき合っている人がいるのではないか。

そんなことを考えていると、ふいに視界がぼやけて美奈代の姿がぐんにゃりと歪んでいく。まさかと思ったときには、ライトグレーのスーツが色を失い、あっという間に透明になった。

(なっ……)

危うく大きな声をあげそうになり、ギリギリのところで呑みこんだ。

美奈代のスーツが透けて下着が見えている。意外なことに、黒いレースのブラジャーとパンティだ。しかも、ガーターベルトとセパレートタイプのストッキングを着けていた。

（ま、まさか、美奈代さんが……）

思わずまじまじと見つめてしまう。

淑やかな横顔からは想像がつかない、セクシーなランジェリーだ。やさしくておっとりした美奈代が、こんな下着をつけているとは思いもしなかった。

（い、いや、違う……そんなはずはない）

慌てて心のなかで否定する。

今、見えているものが現実とは思えない。だからといって、卑猥な姿を妄想したわけでもない。ましてや、美奈代が職場でスーツを脱ぐなど考えられない。今朝の優梨子のときと同じように、スーツがだんだん透けていく過程を確かに目にしたのだ。

（俺の目がおかしくなったのか？）

目を擦っては、美奈代の姿をチラ見する。しかし、何度やってもセクシーな黒のランジェリーがはっきり見えた。

「小倉くん？」

ふいに美奈代がこちらを向いた。

どうやら視線を感じたらしい。やさしげな微笑を浮かべて、正樹の顔をまっすぐ見つめる。

「なにか気になることでもあるのかな?」

いつもと変わらない穏やかな声だ。

しかし、美奈代は黒いレースのランジェリーを身に着けている。ブラジャーもパンティも、それにガーターベルトも正樹の欲望を煽り立てていた。たまらずペニスを疼かせながら視線をそらす。

「い、いえ、なにも……」

頭をさげて、モニターを見つめる。仕事を再開したフリをしながら、心のなかは落ち着かなかった。

(どうして、下着が……)

ただの妄想ではかたづけられない。

少なくとも美奈代の下着を正樹が妄想するなら、白かベージュの地味なものを思い浮かべる。ガーターベルトなど、まるでイメージにない。そんなものを妄想するはずがなかった。

そのとき、離れた席に座っている朱音の姿に気がついた。

昨日、妄想のなかの朱音の下着と、実際に彼女が着けていた下着が同じで驚いた。単なる偶然なのか、それとも目の異常なのかわからない。とにかく、事前に見たものとまったく同じだった。

（どうやったら見えるんだ？）

朱音の姿を凝視する。

隣の美奈代は近すぎるが、朱音なら離れているので気づかれることはないだろう。モニターの陰から、じっと見つめる。目に力をこめると、ふいに朱音の姿がぼやけはじめた。

（おっ、この感じは……）

これまでのパターンと同じだ。

この調子でいけば、下着が透けて見えるかもしれない。正樹はさらに目に力をこめて、朱音の胸もとを凝視した。

やがてスーツの色が薄くなり、白い裸体が透けて見える。今日はレモンイエローのブラジャーを着けている。右の乳房の谷間には、昨日、直に確認した黒子もあった。

（み、見えた……）

どういうわけか、服が透けて下着が見えたのだ。

ありえないことが現実になっている。理解できないことは恐怖となり、正樹をひと息に呑みこんだ。背すじがひんやりと冷たくなって、全身に鳥肌がゾワゾワとひろがった。

（どうして、こんなことが……）

わけがわからないまま、朱音の姿を呆然と見つめつづける。

自然と目に力が入ってしまう。すると、ふいにブラジャーの色が薄くなり、ついには乳房まで透けて見えた。昨日、実際に触れたものと同じだ。

（ま、まさか……）

自分の目が信じられない。

思わず立ちあがると、コピー機に向かうフリをしながら、朱音にゆっくり近づいていく。

白い双つのふくらみの頂点に、ミルキーピンクの乳首が載っている。昨夜は硬くなっていたが、今は力が抜けて柔らかそうだ。ブラジャーのカップに密着して押しつぶされていた。

(見える……本当に見えるんだ)

これは妄想ではない。実際に服が透けて見えている。しかも目に力をこめることで、透視の深度が変わるらしい。

(ということは……)

自分の席に戻り、隣の美奈代に視線を送る。

黒いレースのブラジャーとパンティ、それにガーターベルトにセパレートのストッキングという刺激的な姿だ。本当に服が透けて見えるとしたら、美奈代のランジェリーも本物ということになる。それればかりか、正樹が本気になれば全裸も拝めるのだ。

(い、いや、いくらなんでも……)

正樹は思わず心のなかで否定して、美奈代から視線をそらした。

3

定時で仕事を切りあげると、正樹は急いで病院に向かった。

いまだに信じられないが、服が透けて見えるようになっていた。昼間、何度も試してみたが結果は同じだった。目に力をこめれば、透視の深度があがり、下着まで透けて全裸を見られることがわかった。

しかし、いいことばかりではない。女性だけではなく、男性の服も透けてしまうのだ。課長に呼ばれて視線を向けた瞬間、見たくもない裸が見えたときは、思わず吐き気に襲われた。

(こんなの絶対におかしい……)

もしかしたら、新種のウイルスによる病気かもしれない。

仕事を早く終えて病院に行くことを決意した。しかし、何科で診てもらえばいいのかわからない。目の病気なのか、脳の病気なのか、それとも精神疾患の可能性もある。

考えれば考えるほど恐ろしくなってしまう。他にも何千万人にひとりの奇病ということもあり得るのではないか。できれば大事《おおごと》にしたくないが、総合病院で診てもらうしかないだろう。

この時間に開いている病院は限られている。インターネットであらかじめ調べて、会社から電車で二駅離れた場所にある病院に向かった。

診察時間ギリギリに滑りこむと、急いで受付をする。診察の前に症状を聞かれて、どう答えるべきか迷った。悩んだすえに、本来なら見えないはずのものが見えると伝えた。

すると、深刻な空気になり、脳神経外科を受診するように言われた。

診察室の前の廊下にある長椅子に腰かけて、名前を呼ばれるのをひたすら待ちつづける。無機質なリノリウムの床を見つめていると、なおさら不安がふくれあがった。

「小倉さん、小倉正樹さん」

どれくらい待ったのだろう。実際は数分しか経っていないが、ずいぶん長く待たされた気がした。

「は、はい……」

不安のあまり声が情けなくかすれてしまう。緊張しながら顔をあげると、診察室の前に思いのほか若い女性看護師が立っていた。

白衣の胸に名札がついており「笹本《ささもと》結衣《ゆい》」と書いてある。

アイドルグループにいそうな、かわいらしい顔立ちだ。黒髪のショートカットで黒目がちの瞳がクリクリしている。白衣の裾は膝が隠れる丈で、白いストッキングに包まれた下肢がスラリと伸びていた。

「診察室にお入りください」

柔らかい声音が耳に心地いい。正樹はほんの一時だけ不安を忘れて、長椅子から立ちあがった。

診察室に入ると、三十代なかばと思われる女医が椅子に腰かけていた。

黒いタイトスカートに白のブラウス、その上に白衣を羽織っている。漆黒のロングヘアを背中に垂らしており、銀縁の眼鏡が似合っていた。いかにも知的な雰囲気で、どこか冷たい感じが漂っている。

「どうぞ、おかけください」

女医が抑揚のない声で告げる。眼鏡のレンズごしに、こちらをじっと見据えていた。

(なんか、緊張するな……)

正樹は女医の前に置いてある丸椅子に腰をおろす。

とっつきにくい感じがして苦手なタイプだ。病院選びを失敗したと思うが、今さら診察をやめるとも言えない。女医のすぐ隣に結衣が立ち、正樹のことを見つめている。ふたりの視線を感じて、ますます硬くなってしまう。

「脳神経外科の相沢《あいざわ》です」

女医は少し表情を緩めると、意外なことに丁寧に自己紹介する。もしかしたら、こちらの緊張を感じ取ったのかもしれない。胸の名札を見やると「相沢葉子《ようこ》」と書いてあった。

「よ、よろしくお願いします」

正樹が頭をさげると、葉子は小さく頷いた。

「今日はどうされましたか？」

「じつは、その……」

心配で病院に来たのに、いざとなると言いよどんでしまう。服が透けて見えるなどと言っても、信じてもらえない気がした。

「問診票には、本来なら見えないはずのものが見えるとあります。具体的にどんな症状なのでしょうか」

葉子は淡々とした声で尋ねる。

症状によって治療法も変わるのだから、医者が質問するのは当然のことだ。しかし、正樹はどう説明すればいいのか困ってしまう。

「うまく言えないんですけど……普通なら見えないものが、急に見えるようになって……」

「もう少しわかりやすく教えてもらえませんか。今もなにかが見えているのですか？」

「いえ、今は、なにも……」

正樹は意識して目から力を抜いている。とにかく、できるだけ見ないように気を張りつづけていた。

「常に見えているわけではないのですね。いつからですか？」

「えっと、昨日の朝から……」

「なにが見えるのでしょうか。たとえば、幽霊とか悪魔とか、そういった類いのものですか？」

「いえいえ、そういう霊的なことではなくて……」

正樹は慌てて否定した。

まったく懐疑的だ。このままでは、おかしなことを言っているやつだと思われてしまう。どう説明すれば信じてもらえるだろうか。

「では、なにが見えるのですか？」

葉子は怪訝な顔になっている。正樹がはっきり答えないので、苛立っているのかもしれない。

「そ、その……服が透けたりとか……」

「服ですか?」

「はい、服です」

「服が透けて見えるのですか?」

葉子が首をゆっくり傾げる。

半信半疑、というより、まったく信じていないようだ。その証拠に、葉子はそれ以上、具体的なことを尋ねようとしなかった。普通なら、もっと詳しく聞こうとするはずだ。

「俺にもよくわからないんです。でも、本当なんです」

信じてもらいたくて食いさがる。しかし、葉子の心には響いていないのか、無表情で淡々としていた。

「服が溶けるみたいにスーッとなくなって――」

「そうですか」

正樹の悲痛な声は、葉子の無慈悲な言葉でかき消される。これ以上、話を聞くつもりはないらしい。

「前例のない症状ですね。生活に支障はありますか?」

それはむずかしい質問だ。

童貞を卒業したばかりの正樹は、女性の裸が見えるたびに興奮してしまう。慣れれば楽しめるかもしれないが、現時点では生活に支障があると言っていいかもしれない。

「今は、ちょっと支障が……でも、そのうち慣れるかもしれません」

あやふやな言い方になり、葉子が眉間に縦皺を寄せた。

「とりあえず、脳の検査をしてみましょう。結衣ちゃん、ＭＲＩの準備をお願い」

「では、小倉さん、ご案内しますね」

結衣に誘導されてＭＲＩ室へ向かう。

なにやら、おおげさなことになってきた。ＭＲＩを撮るということは脳の異常を疑っているのだろう。たとえば腫瘍ができていて、それが原因で視覚に異常が出ているとか。

（いや、もしかしたら……）

妄言だと思われている可能性もある。

こうなったら、葉子や結衣の下着を透視して言い当てるしかない。そうすれば信じてもらえるはずだ。

（でも、もしはずれたら……）

それを考えると不安になる。

何度も透視をしているが、それが正しいのかどうかわからない。いずれにせよ、しっかり検査をしてもらうべきだ。

ＭＲＩを撮り終えると、また廊下の長椅子で待たされる。

不安は大きくなる一方だ。もし脳に異常があったら、どうなるのだろう。開頭手術をするとなれば、命の危険も出てくるのではないか。

（脳をいじられるなんて、いやだな……）

まだ決まったわけでもないのに、よけいなことまで考えてしまう。

早く検査結果が出てほしい。そわそわしながら待っていると、結衣が診察室から顔を出した。

「小倉さん、どうぞ」

名前を呼ばれて緊張しながら立ちあがる。診察室に入ると、葉子が椅子に座っていた。

「どうぞ、おかけになってください」

「あ、あの、どうでしたか？」

椅子に座るなり、前のめりに尋ねる。自分の身体にいったいなにが起きているのか、不安でたまらなかった。

「ＭＲＩの結果は来週になります」

「えっ、そんな……」

葉子の言葉を聞いて落胆する。てっきり今日中に結果が出るものとばかり思っていた。

「今のところ、生活に支障が出ていないようなので様子を見てください。とにかく、結果を待ちましょう。あと念のため血液検査もしておきますね」

葉子が目配せをして、結衣が血液を採取する。

もう一度、来なければいけないと思うと気が重い。もしかしたら、悪い病気の可能性もあるのではないか。

「俺、どうなっちゃうんでしょう」

思わず肩をがっくり落とす。すると、葉子が顔をのぞきこむようにして見つめてきた。

「わたしたちは病気を治すためにいます。いっしょにがんばりましょう」

先ほどまでとは態度が一変している。

急に正樹の訴えを信じたわけではないだろう。落ちこむ姿を見て、哀れに思ったただけかもしれない。この際、同情でもなんでもいい。声をかけてもらえることがうれしかった。

「せ、先生……」

「そうですよ。葉子先生にまかせておけば大丈夫です」

結衣も微笑を浮かべて勇気づけてくれる。

ふたりにやさしい言葉をかけられて、心がすっと軽くなった。そのとき、ふいに葉子の姿がぼやけた。

(こ、これは、まさか……)

やばいと思った次の瞬間、白衣の色が薄くなる。

(ダ、ダメだっ、目をそらすんだ)

心のなかで自分に言い聞かせるが、もう間に合わない。白衣は溶けるようになくなり、水色のブラジャーが透けて見えた。

ハーフカップから豊満な乳房がこぼれそうになっている。ウエストはキュッと締まっているが、乳房はかなりの大きさだ。パンティも水色でサイドが紐になっているセクシーなタイプだった。

（おおっ……）

女医の下着を目にして、心のなかで唸ってしまう。

隣に立っている結衣の白衣も透けており、ブラジャーとパンティがはっきり見えた。ピンクと白のツートンカラーだ。ハーフカップのブラジャーからは、小ぶりな乳房の大部分がのぞいていた。

（あっ、これは……）

思わず結衣の胸を凝視する。

偶然にも葉子と色違いの下着だ。グラマラスな葉子にはセクシーな下着がよく似合うが、愛らしくてスレンダーな結衣には少々早い気がする。いずれにしても、目を見張る光景だ。

（す、すごいぞ……）

一気にテンションがあがってしまう。

なにしろ、美しい女医とかわいい看護師の下着姿が同時に拝めたのだ。不安に駆られていたのも忘れて、ふたりの身体を交互に見つめた。

（うっ……し、しまった）

気づいたときは遅かった。

つい目に力が入り、その結果、下着までスーッと溶けるように消えていく。その結果、ふたりは診察中だというのに裸になってしまった。もちろん、実際に服を脱いで全裸になったわけではない。白衣も下着もすべてが透けて、ふたりの素肌が見えているのだ。

葉子は椅子に座ったまま、大きな乳房が剝き出しになっている。ボリューム満点のふたつのふくらみは釣鐘形で、頂点の乳首は大ぶりで濃い紅色だ。股間に視線を向ければ、楕円形に整えられた陰毛がそよいでいた。

隣に立っている結衣も、すべてをさらしている。乳房は小ぶりで、ちょうど片手で収まるくらいのサイズだ。乳首と乳輪は小さく、肌色に近い薄ピンクが愛らしい。恥丘の陰毛はきれいに処理されており、ツルリとしている。いわゆるパイパンというやつだ。

今、見ているものを伝えれば、能力を信じてもらえるはずだ。しかし、自分が見ているものが正しいのかどうかわからない。それより今は、目の前の光景に惹きつけられていた。

（す、すごい……全部、まる見えだ）

正樹は我を忘れて、貪るようにふたりを交互に見つめてしまう。気づいたときにはペニスが熱くなり、スラックスの前が張りつめていた。

「うっ……」

思わず両手で股間を隠す。すると、不自然な動きに気づいたのか、葉子が顔を覗きこんできた。

「どうかされましたか？」

「ちょ、ちょっと、腹の具合が……か、帰ります」

正樹は前屈みの状態で立ちあがると、股間を隠すように背中を向ける。

「来週月曜日には検査結果が出ています。都合のいいときに来てください」

葉子の声を聞きながら、急いで診察室をあとにした。

ペニスは完全に芯を通して、スラックスの前が大きなテントを張っている。我慢汁も溢れており、ボクサーブリーフの裏側を濡らしていた。

童貞を卒業したことで、セックスの気持ちよさを知った。その結果、女体を目にしたときのペニスの反応が早くなっていた。セックスを経験したことで想像が簡単にふくらむようになったのだ。

（まいったな……）

支払を待つ間も、勃起はなかなか収まってくれない。美人女医と可憐な看護師の裸体が、脳裏から離れなかった。

病院をあとにすると、正樹は駅への道をとぼとぼ歩いていた。せっかく検査をしたのだから、結果は聞きに来るつもりだ。それまで、目に力を入れないように、気をつけて過ごすしかないだろう。

(なんか、疲れちゃったな……)

今日はご飯を作る元気もないので、アパートの近くのコンビニで弁当でも買って帰るつもりだ。

歩行者用信号が赤になって立ちどまる。この横断歩道を渡れば、駅はもうすぐそこだ。そのとき、駅前のロータリーを歩く女性が目に入った。ライトグレーのスーツに見覚えがある。

(あっ、美奈代さんだ)

会社で隣の席に座っている美奈代だ。

どうして、こんな場所を歩いているのだろうか。ここは会社から二駅離れている。美奈代が住んでいるのは、記憶が正しければまったく違う方向だ。不思議に思って眺めていると、美奈代はひとりの男性に歩み寄った。

そこは待ち合わせスポットになっており、大勢の人たちがいる。美奈代が話しかけたのは、恰幅のいい男だ。うしろ姿で顔は見えないが、濃紺のスーツを着ているので会社員だろう。

(もしかして、恋人か?)

そのとき、信号が青に変わった。

横断歩道を渡りながら、興味本位で美奈代を見つめつづける。仲よさそうに腕を組み、身体をぴったり寄せていた。恋人がいないという噂だったが、交際している人がいたらしい。

(どんな男とつき合ってるんだ?)

顔が見たくなり、距離を取りながら正面にまわりこむ。次の瞬間、正樹は思わず両目を大きく見開いた。

(か、課長だ……)

驚いたことに、美奈代が腕を組んでいる相手は営業部の課長だった。

強面で体育会系の怒りっぽい男だ。すぐに大声で怒鳴るので、正樹だけではなく苦手にしている人は多い。美奈代はそんな男とつき合っているのだろうか。それに課長は既婚者で、確か子供もいるはずだ。

美奈代と課長は腕を組んだまま、寄り添って歩きはじめる。駅から離れて、踏切のほうに向かっていく。

(なんか、怪しいぞ)

正樹は思わずあとをつけていた。

野次馬根性に火がつき、先ほどまでの疲れが吹き飛んでいる。ふたりがどこに行くのか見届けたい。距離を保ち、見つからないようについていく。

踏切を渡り、通りを一本入るとラブホテル街だ。ショッキングピンクやパープルのネオンが瞬くなか、ふたりはぴったり寄り添ったまま歩いている。どう見ても、ただの上司と部下の関係ではなかった。

やがて美奈代と課長は一軒のラブホテルに入っていく。正樹はとっさにスマホを取り出すと、ふたりの姿を撮影した。シャッター音で気づかれるのではないかと思ったが、車の走行音がかき消してくれた。

この写真をどうするのか、考えて撮ったわけではない。よからぬ感じがしたので、とっさに撮影しただけだ。

(あのふたりが、まさか……)

いったい、いつから関係があるのだろうか。

美奈代が社内の男たちを振っていたのは、課長と不倫をしていたからなのかもしれない。

(いや、待てよ……)

まだ不倫と決まったわけではない。なにか弱みを握られて、脅されている可能性もある。

だが、寄り添って歩く姿は恋人同士のようだった。それを考えると、やはり不倫の関係なのだろうか。それとも、恋人のように振る舞うことを強要されているのかもしれない。

(いずれにしても……)

まずい現場に遭遇してしまった。

今さらながら野次馬根性で尾行したことを後悔する。正直なところ、かかわらないほうがいいと思う。しかし、目撃してしまった以上、なかったことにはできなかった。

4

「おはようございます」

正樹は出社すると、何食わぬ顔で自分の席についた。

「おはよう」

美奈代も挨拶を返してくれる。いつもの柔らかい微笑を浮かべており、おっとりした雰囲気が漂っていた。

物静かな女性で、とても不倫をしているとは思えない。しかし、昨夜、課長と腕を組んでラブホテルに入るところを目撃している。写真にも撮ったので間違いない。

（やっぱり、なにか事情があるんじゃ……）

正樹は心のなかでつぶやいた。

この笑顔に下には、悲しみが隠されているのではないか。弱みを握られて身体の関係を強要されているとしたら。そして、誰にも相談できずに苦しんでいるとしたら。そう考えると、美奈代が哀れでならない。

奥にある課長席をチラリと見やる。

課長は相変わらず厳めしい顔でモニターをにらんでいる。キーボードをたたく音が大きく、周囲に与える威圧感が半端ではない。美奈代がこんな男を本気で好きになるとは思えなかった。

(美奈代さんを助けられるのは、俺しかいない)

胸に使命感が湧きあがる。

昨夜、とっさに撮った写真が役に立つはずだ。課長も家族に知られたら困るに違いない。部長に報告するという手もある。とにかく、スマホで撮った写真が武器になるはずだ。

「あの……」

正樹は小声で隣の美奈代に話しかけた。

「どうしたの？」

様子がおかしいと思ったのだろう。美奈代も小声で返事をする。

「なにか困っていることはありませんか？」

「困っていること……なにもないわよ」

美奈代は少し考えてから答えた。

本当になにもないのか、それとも課長と不倫をしていることは軽々しく口にできないのか。おそらく後者だろう。弱みを握られているのなら、なおさら知られたくないはずだ。

「見てもらいたいものがあるんです」

周囲を警戒しながらスマホに昨夜の写真を表示させる。それをチラリと見せれば、とたんに美奈代の顔色が変わった。

「そ、そんな写真、いつの間に……」

かわいそうなほど声が震えている。秘密にしていたことを知られて、激しく動揺していた。

「じつは、たまたま見ちゃったんです」

昨夜、偶然ふたりを見かけたことを話す。美奈代は頬の筋肉をこわばらせて聞いていた。

「驚きました。まさか、美奈代さんと課長が……それで、とっさに写真を撮ったんです」

「その写真、どうするつもりなの?」

美奈代が不安そうに尋ねる。

（そうか……脅されているとはいえ、不倫写真ってことになるんだよな）

思っていた以上に事態は深刻だ。

この写真が出まわったら、被害者である美奈代もダメージを受けてしまう。助けるつもりが、よけいに苦しめる結果になりかねない。

「これをどうするかは、美奈代さんしだいです」

正樹は熟考のすえにつぶやいた。

課長に見せて関係を清算させるのか、それとも部長に相談するのか。結局は美奈代が決めるべきだと思った。

「わたししだい……」

「はい。よく考えて決めてください」

勇気づけるつもりで力強く頷いた。

（あっ、しまった……）

つい目に力が入ってしまう。瞬く間に美奈代のスーツが透けて、なめらかな肌と下着がまる見えになった。

今日もまた黒いレースのブラジャーとパンティ、それにガーターベルトにセパレートのストッキングを着けている。この意外な下着が課長の好みだとするなら、もしかしたら、今夜も課長に呼び出されているのかもしれない。

（こ、これ以上は見ちゃダメだ）

なんとか視線を引き剝がすと、目から力を抜いていく。

あのまま見つめつづけたら、裸体まで透けて見えたに違いない。正直、見たい気持ちもあるが、今はそんなことをしている場合ではなかった。

「その写真、誰かに見せた？」

「大丈夫です。誰にも見せていません」

「本当に？」

美奈代は探るような目になっている。

無理もない。これまで課長の毒牙にかかっていたのだ。人間不信になっていてもおかしくなかった。

「美奈代さんに見せたのがはじめてです」

正樹が答えると、美奈代は静かに頷いた。

「この写真を――」

上手く使えば自由になれます。そう言おうとしたとき、美奈代が言葉をかぶせてきた。

「少し考えさせて……」

いつになく暗い声だった。

事態が事態だけに仕方がない。美奈代は視線をすっとそらして、それきり黙りこんでしまった。

言葉を交わさないまま昼になり、午後は正樹も美奈代も外まわりに出た。そのため、午後五時の終業時間を迎えるまで、例の写真をどう使うのか返事はもらえなかった。

「小倉くん、ちょっといいかしら」

美奈代が小声で話しかけてきた。

強い意志を感じさせる真剣な表情だ。あの写真を使って、課長との関係を断ち切る決心がついたのかもしれない。

「どうしますか？」

「ここでは話しにくいから」

美奈代はそう言って席を立つ。そして、正樹についてくるように目配せをして歩き出した。

5

正樹と美奈代がいるのは小会議室だ。

スチール製の長机が並べられており、折りたたみ式の椅子が置いてある。前方にはホワイトボードがあるが、なにも書いていない。それほど広くない部屋だが、ふたりきりだとやけにガランとして感じられた。

美奈代はドアを閉めて鍵をかけると、正樹に向き直った。

「目的はお金、それとも身体？」

まったく予期していなかった言葉を投げかけられる。

いきなり、詰め寄るような口調だ。ふだんのおっとりしている美奈代とは、雰囲気がまるで違っていた。

「あ、あの、なにをおっしゃっているのか……」

正樹がとまどいの声を漏らすと、美奈代はあからさまにむっとした顔になって腕組みをする。

「さんざん脅しておいて、今さら怖くなったの？」

「脅すって、俺がですか?」

思わず自分の顔を指さしてつぶやく。なにを言われているのか、まったくわからない。

「美奈代さんを脅しているのは課長ですよね?」

「ちょっと、なにを言っているの?」

美奈代もわけがわからないといった感じで首を傾げる。そして、ふたりは視線を交わしたまま黙りこんだ。

「もしかして……」

先に口を開いたのは美奈代だ。

「わたしが課長に脅されていると思ったの?」

その台詞《せりふ》が出るということは、脅されていなかったのだろう。

「じゃあ、課長とは……」

「おつき合いしているの……もう、何年も前から」

美奈代はばつが悪そうに打ち明ける。

既婚者の課長とつき合っているということは、つまりは不倫をしているということだ。写真を撮られてしまった以上、ごまかせないと思ったのだろう。あっさり不倫を認めて、自嘲ぎみの笑みを浮かべた。

「わかってるわ。あの人が離婚する気がないことくらい。でも、わたしも別れられなくて……」

淑やかな美奈代が課長と不倫しているとは驚きだ。みんなから嫌われている課長のどこに惹かれたのだろうか。

「どうして、課長と？」

「わたしが新入社員のころ、仕事でミスをして落ちこんでいたら、課長が飲みに誘ってくれたの。当時はまだ係長だったけど」

決して下心があったわけではなく、上司として部下を純粋に慰めようとしてくれたという。

「口うるさくて煙たがられているけど、根はやさしい人なのよ」

美奈代は課長を擁護するが、部下と関係を持ったのは事実だ。既婚者の上司としてはあるまじき行為で、決して許されるものではない。

「でも、課長はすでに結婚していたんですよね」

思いきって踏みこんでみる。

結局、美奈代は都合のいい女にされているだけではないか。課長に遊ばれているのに、気づいていないだけではないか。甘い言葉をささやかれて、だまされているだけの気がした。

「意外にまじめだから、落とすのはなかなか大変だったわ」

美奈代はさらりと言い放った。

どういう意味なのかわからない。真意を探ろうとして目を見つめると、美奈代は唇の端に妖しげな笑みを浮かべた。

「わたしから誘ったのよ」

衝撃的な言葉だった。

冗談かと思ったが、美奈代の目を見れば真実だとわかる。驚いて黙りこむ正樹を、楽しげに見つめていた。

「そこまでは知らなかったみたいね。てっきり、わたしを脅しているのかと思ったわ」

美奈代はそう言ってクスクスと笑う。まったく予想していなかった展開で、正樹の頭は混乱していた。

「男の人をいじめるのが大好きなの。会社では威張っている課長が、ふたりきりになるとわたしの下で喘ぐのよ。楽しいでしょう」

「ま、まさか、美奈代さんが……」

想像のはるか上を行っていた。

数年前に美奈代のほうから課長を誘って、今までずっと関係がつづいているらしい。話を聞く限り、美奈代はSっ気が強いようだ。みんなから恐れられている上司を嬲ることで、悦びを感じているのだ。

「予想と違ってごめんなさいね。脅されているのは、わたしじゃなくて課長のほうなの。でも、わたしとのプレイに、すっかりはまっているみたいだけど」

美奈代は妖艶な微笑を浮かべて、ゆっくり歩み寄る。そして、ほっそりした指で正樹の顎をそっと撫でた。

「あの写真、どうしたら消してくれるの？」

「け、消します……す、すぐに……」

震える手を内ポケットに伸ばす。スマホを取り出そうとしたのだが、美奈代はその手を上から押さえた。

「スマホの写真を消したって意味はないわ。すでにコピーを取ってあるかもしれないでしょう」

「コ、コピーなんて、誓って取ってないです」

「信用できないわ。口ではなんとでも言えるもの」

美奈代が顔を近づける。

「こういうときは、秘密を共有するの。人には知られたくない、飛びきり恥ずかしい秘密をね」

甘い吐息が鼻先をかすめて、無意識のうちに吸いこんでしまう。たったそれだけで妖しい期待がひろがり、頭の芯がジーンと痺れはじめた。

「ひ、秘密……」

「そう、恥ずかしくて気持ちのいい秘密よ」

美奈代の手がジャケットに伸びて脱がされる。ネクタイをほどいてスルスルと抜き取り、ワイシャツのボタンを上から順にはずしていく。

「な、なにを……」

正樹の声は恥ずかしいくらいにうわずっている。

昨日、童貞を卒業したばかりなのに、またセックスすることになるのではないか。これまでチャンスがなかったのが嘘のように、連日にわたって女性から迫られている——。

6

「わかってるくせに」

美奈代はワイシャツを脱がすと、手のひらを胸板に重ねた。

両手で円を描くように撫でまわしたかと思うと、指先で乳首をそっと摘まみあげる。クニクニとやさしく転がされて、瞬く間にふくらんでいく。乳首は硬くなるほどに感度がアップした。

「ううっ……」

正樹が思わず快楽の呻き声を漏らすと、美奈代は楽しげな微笑を浮かべる。そして、本格的に乳首を愛撫しはじめた。

前屈みになって胸板に顔を寄せると、ピンクの舌先を伸ばして舐めあげる。さらには唇をかぶせて、チュウチュウと吸い立てた。

「くうッ、そ、そんなこと……」

「気持ちいいでしょう。小倉くんの乳首、すごく硬くなってるわよ」

美奈代は乳首をしゃぶりながら、上目遣いに見あげている。視線が重なることで、快感がさらに大きくなった。

「か、会社なのに……も、もしばれたら……」

「鍵をかけてあるから大丈夫よ。それに、こんな時間に会議室を使う人はいないわ。課長ともたまに楽しんでいるのよ」

またしても信じられない事実が発覚した。美奈代と課長は社内でも行為に及んでいるらしい。

（あの美奈代さんが……こ、これ以上はダメだ）

抵抗したほうがいいと頭ではわかっている。しかし、乳首を舐められるたびに全身から力が抜けてしまう。

「快楽に身をまかせなさい」

美奈代の妖しげな声が会議室に響く。

自分の胸もとを見おろせば、美奈代が乳首に吸いついている。信じられない光景を目の当たりにして、興奮がどんどん高まった。

「ううッ！」

さらなる刺激がひろがり、大きな声が漏れてしまう。美奈代が勃起した乳首を前歯で甘噛みしたのだ。

「ビクビクしちゃって、乳首が好きなのね」

美奈代は含み笑いを漏らすと、甘噛みをくり返す。充血して硬くなったところを刺激されて、ペニスが頭をもたげていく。瞬く間にそそり勃ち、スラックスの前がつっぱった。

「み、美奈代さん……くううッ」

ふたつの乳首を交互に甘噛みされて、膝がガクガク震え出す。欲望がふくれあがり、尿道口から我慢汁が溢れ出すのがわかった。

「もう立っていられないみたいね。それじゃあ、こっちも……」

美奈代はこの状況を楽しんでいる。

慣れた手つきでベルトをゆるめると、スラックスをおろして脚から抜き取ってしまう。グレーのボクサーブリーフにはペニスの形がくっきり浮かんでおり、先端部分には我慢汁の黒っぽい染みがひろがっていた。

「これも脱がすわね」

ボクサーブリーフもおろされて、勃起したペニスが鎌首を振ってブルンッと飛び出す。濃厚な牡のにおいがするが、美奈代はいやな顔をするどころか、大きく息を吸いこんだ。

「ああっ、わたしも興奮してきたわ」

瞳がしっとり潤んでいる。唇が半開きになっており、ハアハアと乱れた息が漏れていた。

「横になりなさい」

口調が変わっている。興奮して本性が露になったのかもしれない。瞳の奥には妖しげな光が揺らめいていた。

「早く床に寝るのよ」

「ゆ、床ですか……」

迫力に気圧されて、正樹は小会議室の床に横たわる。

すでに服をすべて奪われているため、裸で仰向けになると勃起したペニスが目立ってしまう。美奈代の視線が全身を這いまわり、激烈な羞恥がこみあげる。それでも、ペニスは天井に向かって屹立していた。

「大きいのね。小倉くんのオチ×チン」

美奈代はうれしそうにつぶやいてジャケットを脱ぐ。ブラウスのボタンも上からゆっくりはずすと、前をはだけさせた。

（やっぱり……）

ブラジャーは黒のレースだ。

服が透けて見えたので知っている。透視能力を確信するとともに、期待がふくれあがった。

美奈代はブラウスを取り去り、スカートをおろしていく。やはりパンティも黒のレースでガーターベルトを着けており、セパレートタイプのストッキングを穿いていた。

「この格好を見ても驚かないのね」

美奈代が不思議そうにつぶやく。

セクシーなランジェリーを身につけているのだから、正樹が驚くと思ったらしい。ところが、正樹の反応が薄いのが意外だったようだ。

「お、驚きすぎて……」

正樹は慌ててつぶやいた。

特殊な能力があることは、隠しておいたほうがいい。なにしろ女性の裸が見えてしまうのだ。正樹にこんな力があるとわかれば、社内で大騒ぎになるのは間違いない。女性がいない部署に異動させられるか、もしかしたら会社にいられなくなる可能性もある。

「そう、声も出なかったのね」

美奈代は満足げにうなずいた。

そして、両手を背中にまわしていく。仰向けになっている正樹に見せつけるように、ブラジャーのホックをはずしてカップをずらす。すると、ボリューム満点の乳房が、波打つようにまろび出た。

（おおっ……）

正樹は思わず腹のなかで唸った。

朱音よりもひとまわり大きな乳房だ。乳輪は濃いピンクで五百円硬貨ほどのサイズがあり、乳首は自己主張するように充血して屹立していた。

美奈代は躊躇することなくパンティもおろしてく。

恥丘を彩る陰毛は、自然な感じで濃厚に生い茂っている。ブラジャーとパンティを取り去ったことで、女体にまとっているのはガーターベルトとセパレートタイプのストッキングだけになった。

（す、すごい……）

正樹は思わず目を見開いた。

全裸よりもかえって淫らで、ついつい視線が吸い寄せられる。ガーターベルトが女体を艶めかしく演出していた。

ナマで見るほうが感動が大きい。能力を使ってのぞき見しているようなうしろめたさをともなうが、今は堂々と見ていいのだ。正樹は遠慮することなく、女体に視線を這いまわらせた。

「ああっ、もっと見て」

美奈代は正樹の顔の上にまたがって立つと、艶めかしく腰をくねらせる。濡れそぼった陰唇がはっきり見えて、勃起したペニスがビクッと跳ねた。

(な、なんて、いやらしいんだ)

女性器をナマで見るのはこれが二度目だ。

朱音は赤々としていたが、美奈代の陰唇は色が濃くて赤黒い。ビラビラも伸びており、形崩れしている。課長と不倫をしているだけあって、かなり使いこんでいるのかもしれない。

「まさか小倉くんに見せることになるとは、夢にも思わなかったわ」

美奈代は興奮ぎみにつぶやき、そのまま腰を落としはじめる。

「な、なにを……」

正樹がつぶやいたときは、すでに女性器が目の前に迫っていた。

「こうするのよ」

さらに腰を落として、女陰が口に押しつけられる。たっぷりの愛蜜で濡れているため、ニチュッという湿った音が響いた。

「うむッ」

「ああンっ、舐めて」

正樹の呻き声と美奈代の喘ぎ声が交錯する。

顔面騎乗のクンニリングスだ。もちろん、はじめての経験で、異常なほどの興奮が湧きあがった。

「ほら、早く舐めるのよ」

とまどう正樹を見ろして、美奈代が厳しい口調で命令する。

なにやら立場が逆転している気もするが、そんなことはどうでもいい。今は口に密着している女陰が気になって仕方がない。

(よ、よし……)

正樹は意を決して舌を伸ばすと、陰唇をネロリと舐めあげた。

「ああっ、いい……」

とたんに美奈代の唇から甘い声が溢れ出す。恥裂からも華蜜が染み出し、正樹の口に流れこんだ。

チーズに似た香りと、甘酸っぱい味が興奮を煽り立てる。さらに二枚の花弁を舐めまわして、膣口に舌先をねじこんだ。

「あンっ、意外に積極的なのね」

美奈代がうれしそうにつぶやき、腰をねちっこくくねらせる。口に押し当てられた女陰が、クチュクチュと卑猥な音を響かせた。

(す、すごい……すごいぞ)

正樹は夢中になって華蜜をすすり、舌先で膣のなかをかきまわす。

女体は顕著に反応して、膣口がキュウッと締まって舌を締めつける。ここにペニスを突きこんだら、どれほど気持ちがいいだろうか。想像するだけで先走り液がとくとくと溢れ出した。

「み、美奈代さん……」

女陰をしゃぶりながら、くぐもった声で語りかける。

「もう、挿れたいです」

思いきって伝えると、美奈代は腰を浮かして、正樹の股間にまたがった。両足の裏を床に着いた騎乗位の体勢だ。

「わたしが上でいいわよね」

ほっそりした指が太幹にかかり、亀頭が膣口に導かれる。

しかし、騎乗位は朱音と経験している。できれば違う体位を試してみたい。正常位でもバックでも、やってみたいことはたくさんあった。

「あ、あの、ほかの体位で……」

正樹は遠慮がちに提案するが、美奈代は聞く耳を持たない。そのまま女陰を亀頭に押し当ててしまう。

「ダメよ。わたしはこれが好きなの」

そう言うなり、腰を一気に落としこむ。そそり勃ったペニスが女壺に吸いこまれて、根元までズンッとつながった。

「はああッ、お、大きいっ」

「くうううッ」

美奈代の喘ぎ声が会議室に響きわたり、たまらず正樹も呻き声をあげる。瞬間的に快感が限界近くまで跳ねあがった。

(そ、そんな、いきなり……)

射精欲を抑えるため奥歯を食いしばる。声を出すこともできず、ひたすら快感に耐えていた。

「ふふっ……気持ちいいのね。でも、簡単にイッたりしちゃダメよ」

美奈代は楽しげに目を細める。そして、さっそく腰を振りはじめた。

膝の屈伸を使った上下動だ。ペニスがヌプヌプと出し入れされて、強烈な快感が湧きあがる。首を持ちあげて股間を見やれば、愛蜜にまみれて濡れ光る肉棒がはっきり見えた。

「うッ……ううッ」

「ああンっ、すごく気持ちいいわ」

美奈代は喘ぎ声を振りまきながら腰を振る。

立てた両膝に手を置き、まるでスクワットをするように腰を上下させる。反り返った肉棒を勢いよく出し入れして、膣のなかをかきまわし快楽を貪るのだ。大きな乳房がタプタプ弾むのも、視覚的に欲望を煽り立てた。

朱音の騎乗位とは比べものにならない激しさだ。膣でペニスを食べられているようで、かつて経験したことのない快感がこみあげていた。

「そ、そんなに激しくしたら……くううッ」

すぐに限界が来てしまう。

震える声で訴えるが、美奈代は腰の動きを緩めようとしない。膣道もウネウネと蠢き、ペニスを思いきり締めつける。快感の波が次から次へと押し寄せて、射精欲がどんどんふくれあがっていく。

「小倉くんのオチ×チンって、こんなに大きかったのね。ああンっ、課長よりもずっと大きいわよ」

美奈代が腰を振りながら語りかけてくる。

課長よりも大きいと言われてうれしくなるが、喜んでばかりもいられない。こうしている間も、快感はふくらみつづけているのだ。

ふいにシャッター音が聞こえた。

美奈代が股間にまたがったままスマホを構えている。結合部分と正樹の顔が入るように、何枚も写真を撮っていた。

「な、なにを……」

「証拠写真よ。口約束だけじゃ信用できないから」

美奈代はそう言って腰の動きを加速させた。

(こ、このままだと……ううウッ)

なんとか射精を先延ばしにしようと、自分の太腿に爪を立てる。痛みで快感を抑えようとするが、美奈代の腰振りは激しさを増していく。

「ああッ、いいっ、あああッ、いいわ」

豊満な尻を打ちおろすたび、亀頭が子宮口をたたいている。膣口がキュウキュウ締まり、膣襞が太幹にからみつく。

「ううッ、も、もうダメですっ」

たまらず訴えると、両手を伸ばして目の前の乳房を揉みあげる。

これ以上は我慢できない。このまま射精するつもりで、たっぷりした乳房を好き放題に揉みしだき、乳首を指で転がした。

「はああッ、い、いいっ、小倉くんっ」

美奈代もかなり昂っている。乳首を刺激されたことで喘ぎ声が大きくなり、腰の動きが加速した。

「おおおッ、す、すごいっ、気持ちいいっ」

「ああッ、わたしもいいわっ、あああッ」

結合部分から湿った音が響きわたる。大量の愛蜜と我慢汁がまざることで、お漏らしをしたようにグッショリ濡れていた。

「も、もうダメですっ、で、出ちゃいますっ」

正樹が訴えると、美奈代は腰を振りながら何度も頷く。

「いいわ、出して、いっぱい出してっ」

その声が引き金となり、ついに限界が訪れる。快感の大波が押し押せて、ついにペニスの先端から熱い精液が噴きあがった。

「おおおッ、み、美奈代さんっ、ぬおおおおおおおッ！」

雄叫びをあげながら全身を仰け反らせる。女壷のなかで男根が暴れまわり、精液が次から次へと溢れ出す。

「はあああッ、す、すごいっ、あああああッ、イクッ、イクイクううううッ！」

美奈代も絶頂を告げながら昇りつめていく。ペニスを根元まで咥えこみ、大量のザーメンを受けとめて女体をガクガクと震わせた。

深くつながった状態での絶頂だ。ふたりはほぼ同時に達して、目も眩むような愉悦を貪った。

やがて美奈代は正樹の胸板に倒れこんだ。

乱れた呼吸の音だけが聞こえている。言葉を発する余裕はなく、ふたりともしばらく黙りこんでいた。

「写真、消しておいてね」

ささやくような声だった。呼吸が整うと、美奈代はそう言って服を身につけはじめた。

「こんなことするのは今回だけよ」

「そ、そうですよね……」

正樹も服を着ながら返事をする。

「小倉くんもよかったけど、やっぱり課長をいじめるのが楽しいのよね。既婚者を寝取るっていうのも興奮するの」

まだ関係をつづけるつもりらしい。

不倫はどうかと思うが、ふたりの問題なので、そこまで首をつっこむつもりはなかった。

「じゃ、じゃあ、俺はこれで……」

急いで立ち去ろうとする。ところが、背後から肩をつかまれた。

「わかっていると思うけど、課長とのことは秘密にしてね」

美奈代の瞳が鋭い光を放つ。まっすぐ見つめられると、正樹は身じろぎひとつできなくなる。

「小倉くんが喘いでいる写真、きれいに撮れたわよ。こんな写真、誰にも見られたくないでしょう」

にこりもとせずに言われて、背すじがスーッと冷たくなった。

「わ、わかりました」

かすれた声で返事をする。

(きっと、課長も……)

最初はこんなふうに脅されたのかもしれない。

しかし、昨夜の課長は楽しげに笑っていた。今は不倫の沼にどっぷり浸っているのは間違いなかった。

第三章　お願い、今夜だけ

1

土曜日の休み、正樹は思いきって優梨子が働いている喫茶店に向かった。

時刻は午後六時になるところだ。行こうかどうしようか迷っているうちに、こんな時間になってしまった。

夕日に照らされた住宅街を急いで歩く。

確か閉店は午後七時だと言っていた。コーヒーを一杯飲む時間くらいはあるだろう。

はじめて服が透けて見えてから四日が経っていた。

一昨日、目に力をこめると下着まで透けることがわかった。もしかしたら、ほかにも透けるものがあるのではないか。ふとそう思って、昨日はいろいろ実験してみた。

基本的に透けて見えるのは布地だけらしい。金属や木材はまったく透けることなく、布地も厚手になると時間がかかる。皮革製品はなんとか透視できるが、かなりの集中力が必要だとわかった。

しかし、どうしてそんな能力が身についたのだろうか。両親にこんな力があるとは思えない。祖父母も普通の人のはずだ。遺伝ではないとすると、やはり病気か何かなのかもしれない。

(検査結果が出たら、ちゃんと病院に行かないとな)

そんなことを考えながら歩調を速めた。

アパートから喫茶店までは徒歩数分の距離だ。今まで行かなかったのは、コーヒーにくわしくないし、敷居が高い感じがしたからだ。今も目的はコーヒーではなく、優梨子に会うことだ。

赤レンガと木製の窓枠がレトロな雰囲気で、入口の上部には「珈琲専門店くつろぎ館」と書かれた看板がかかっていた。

（なんか、緊張するな……）

喫茶店を前にすると、胸の鼓動が速くなる。

優梨子はいるだろうか。会えたとしても、正樹のことを覚えているとは限らない。もし忘れていたら、こちらからはなにも言わないつもりだ。社交辞令を真に受けたと思われるのは恥ずかしい。そのときは黙ってコーヒーを飲んで帰ると決めていた。

（なにしろ、俺は存在感が薄いからな……）

朱音に言われた言葉が忘れられない。

図星だからこそ傷ついた。実際、昨日また遅刻したのに、正樹が会社にいないことに誰も気づかなかったのだ。優梨子はとっくに正樹のことを忘れていてもおかしくなかった。

六つの小さなガラスがはめこまれた木製のドアをそっと開ける。

カランッ、カランッ――。

思いのほか大きな音でドアベルが鳴った。

ただでさえ緊張しているのに、なおさら構えてしまう。

店内は照明が絞ってあり、明るすぎない落ち着いた空間だ。床もカウンターもテーブルも、年季の入った木材が使われており、はじめて来たのに不思議と懐かしい感じがした。

客はテーブル席にふたり組の女性客がいるだけだ。

コーヒーのいい香りが漂っており、ジャズが静かに流れている。大人がゆっくりする店という雰囲気だ。

「いらっしゃいませ」

聞き覚えのある声がした。はっとして顔を向けると、カウンターの脇から優梨子が出てきた。

「正樹くん、来てくれたんですね」

いきなり、名前を呼ばれてドキリとする。とたんに羞恥がこみあげて、顔が赤くなるのを自覚した。

優梨子は濃い緑のフレアスカートに白いブラウス、その上に胸当てのあるデニム地のエプロンをつけている。うれしそうな笑みを浮かべて、正樹の顔を見つめていた。

「よかった……」

思わずつぶやくと、優梨子は微かに首を傾げる。

「あっ、いえ、忘れられていたら、どうしようと思ってたんです」

動揺しながら慌てて言葉を継ぎ足す。自分でも言いわけじみている気がして、顔がますます熱くなった。

「お、俺って、存在感が薄いから……」

「そんなことないですよ。ちゃんと覚えています」

優梨子は微笑を浮かべている。

顔を見てすぐに名前を呼んだのだから、本当に覚えていたのだろう。正樹は照れくさくなり、思わず視線をそらした。

「カウンター席とテーブル席、どちらがいいですか？」

「じゃあ、カウンターで」

正樹は即答する。そのほうが優梨子と話ができると思った。

「こちらにどうぞ」

勧められてスツールに腰かける。すると、カウンターのなかに、初老の男性が立っていた。

「いらっしゃい」

この人がマスターに違いない。

髪はまっ白で、顔には多くの深い皺が刻まれている。年齢は七十近いのではないか。やさしげな笑みを浮かべており、いかにもうまいコーヒーを淹《い》れそうな雰囲気が漂っていた。

「コーヒーを……」

「オリジナルブレンドでいいですか？」

マスターに聞かれてメニューを見ると、コーヒーはひとつではなかった。豆の名前やブレンドがいろいろ書いてある。

「詳しくないので、オススメをお願いできますか」

正直に答えると、マスターは微笑を浮かべて頷いた。

「マスターのコーヒーはおいしいんですよ」

優梨子がカウンターごしにお冷やを出してくれる。

「俺にはもったいないかもな」

「じつは、わたしも詳しくないんです」

正樹のつぶやきを聞いて、優梨子が笑みを浮かべて肩を小さくすくめる。そんな茶目っ気のある仕草が、正樹の緊張をといてくれた。

「そうなんですか」

「たまにお客さんからコーヒーの味について聞かれるんですけど、答えられなくて困ってしまうの」

自分の失敗談を笑って話せる優梨子が、より魅力的に感じる。会うのは三回目だが、もはや完全に惹かれていた。

「お待ちどおさま」

しばらくして、マスターがコーヒーを出してくれる。

和風のカップとソーサーは美濃焼だろうか。こういうところにもマスターのこだわりが感じられた。

ふだん、正樹はあまりコーヒーを飲まない。たまに飲むときも、ミルクや砂糖をたっぷり入れる。

(でも、こういうところのコーヒーはきっとブラックだよな)

カップをそっと持ちあげる。

マスターと優梨子の視線を感じて、必要以上に緊張してしまう。ものすごく苦かったとしても、涼しい顔をしていなければならない。

「い、いただきます」

ひと口飲んでみると、苦みだけではなく酸味や微かな甘味が感じられる。なにより、鼻に抜ける香りが素晴らしい。

「うまい……」

ほっとして思わずつぶやいた。

それを聞いたマスターと優梨子が微笑む。正樹は急に恥ずかしくなり、カップをソーサーに戻した。

「すみません、偉そうに」

「わたしもマスターのコーヒーをはじめて飲んだとき、思わずおいしいって言いました」

優梨子が話を合わせてくれる。

本当の話かどうかはわからないが、そのやさしさがうれしい。これまで出会ったことのないタイプの女性だった。

(いい人だな。でも、優梨子さんは人妻なんだよな……)

思わず心のなかでつぶやいた。

最初からわかっていたことだが、惹かれれば惹かれるほど、その事実が重くのしかかる。とはいえ、優梨子が独身だったとしても、告白する勇気などあるはずがない。それどころか、食事に誘うこともできないだろう。

「知り合いが来てくれると楽しいわ」

優梨子は楽しげに笑っている。

笑顔が眩しくて、ついつい見つめてしまう。そのとき、急に優梨子の輪郭がぼやけはじめた。

（や、やばいっ……）

無意識のうちに目に力が入っていたらしい。能力が発動して、服が透けはじめてしまった。

慌てて視線をそらそうとするが、もう完全に吸い寄せられている。目に力をこめれば、下着姿だけではなく裸も見ることができるのだ。それを知ってしまった以上、優梨子の裸も見てみたい。

（い、いや、ダメだ。そんな卑怯なことは……）

胸のうちで葛藤する。

たとえ裸を見たとしても、平静を装っていれば優梨子が気づくことはない。まさか正樹が透視できるとは誰も思わないはずだ。絶対にバレることがないのなら、少しくらい見てもいいのではないか。

（で、でも、やっぱり……）

本気で好きになったからこそ誠実でいたい。

そんなことを考えているうちに、エプロンとブラウスが溶けるようにスーッと透けて、ブラジャーが見えてしまう。今日は人妻らしい落ち着いたベージュのブラジャーを着けていた。

(こ、これ以上は……目から力を抜くんだ……)

心のなかで自分に言い聞かせる。

しかし、好きな人の裸を見たいとも思う。欲望はふくれあがる一方で、もう抑えきれない。

(ゆ、優梨子さん、すみません)

視線をそらすことができずに謝罪する。ブラジャーの色が薄くなり、乳房の輪郭が見えてきた。

そのとき、テーブル席の女性ふたりが立ちあがった。

どうやら帰るらしい。カウンターの端にあるレジに歩み寄ると、すぐに優梨子が応対する。

(あ、危なかった……)

正樹は小さく息を吐き出した。

もう少しで、優梨子の裸を見てしまうところだった。自分のなかの正義を守ることはできたが、残念な気持ちもある。でも、裸を見てしまったら罪悪感に駆られていたのは間違いない。

（そんなことになったら、もう二度と……）

まともに優梨子の顔を見ることができなくなる。この店に来ることもできなくなっていただろう。

2

「ゆりちゃん、悩みがあるみたいなんだ」

ふいにマスターがカウンターごしに話しかけてきた。

レジを見やると、まだ優梨子は会計をしている。常連客らしく、なにか雑談をしていた。

「悩み……ですか？」

正樹は思わず小声で聞き返す。

「今度、聞いてあげてよ」

マスターが答える。正樹にだけ聞こえる小さな声だ。

突然、そんなことを言われて、とまどってしまう。だが、マスターは微笑を浮かべている。

「あんなに見つめていたら、誰だってわかるよ。ゆりちゃんも気づいているんじゃないかな」

見えることがバレたわけではないだろう。しかし、自覚している以上に見つめていたらしい。

（参ったな……）

正樹は内心でつぶやき、苦笑を漏らすしかなかった。

「とにかく、ゆりちゃんを頼んだよ」

マスターはそう言うと、正樹の前からすっと離れた。

頼まれても困ってしまう。なにしろ、優梨子は人妻だ。プライベートに深入りするのはまずい気がした。

やがて女性客たちが帰り、優梨子が戻ってくる。そして、洗い物に取りかかろうとしたとき、すかさずマスターが制した。

「もう閉店だから、先にあがっていいよ」

時刻は午後七時になるところだ。

「でも……」

「気にしなくていいよ」

「すみません、ありがとうございます。それじゃあ、正樹くん、いっしょに帰りましょうか」

優梨子が声をかけてくれる。

見つめられただけで胸の鼓動が速くなってしまう。マスターがよけいなことを言うから、なおさら意識するようになっていた。

「お、俺でよければ……」

正樹は緊張しながら返事をする。

マスターをチラリと見やれば、正樹にだけわかるように小さく頷いた。

どうやら、こうなることを見越していたらしい。気を遣っているのかもしれないが、優梨子が人妻だということを忘れているのではないか。マスターの考えていることが、今ひとつわからなかった。

「お待たせしました。帰りましょう」

エプロンをはずした優梨子が笑顔を向ける。それだけで、正樹の胸は温かいもので満たされた。

店を出ると、外は薄暗くなっていた。

すでに街路灯がついている。西の空はわずかなオレンジに染まっているが、見ている間にどんどん黒で塗りつぶされていく。家路を急ぐ人がちらほら歩いており、どこか遠くで犬の啼き声が聞こえた。

「毎日、こんな時間まで働いているんですか？」

並んで歩きながら話しかける。素朴な疑問だったが、ほんの一瞬、優梨子は黙りこんだ。

「ええ……」

どこか歯切れが悪い。答えにくいことを聞いてしまったのだろうか。

(旦那さんは、なにも言わないのかな？)

新たな疑問が湧きあがるが、それを口にするのは憚られる。

優梨子のことをもっと知りたいが、プライベートを詮索するべきではない。そう思うと、なにも聞けなくなってしまう。それならばと、懸命にほかの話題を探すが、なにも思い浮かばなかった。

「夫は帰りが遅いから、ひとりで家に居ても仕方ないし……」

なにやら雰囲気が怪しくなってきた。

正樹がなにも答えられずに沈黙が訪れる。ふたりは無言のまま、住宅街を歩いていく。

「わたし、今年で三十になったんです」

ふいに優梨子がつぶやいた。

「三十歳って、子供のころはもっと大人だと思っていたのに……」

まるで独りごとのような言い方だ。

いったい、なにを言いたいのだろうか。隣に視線を向ければ、優梨子は思いつめたような顔をしていた。今の自分は、子供のころに思い描いていた大人とは違うのかもしれない。

「結婚すれば幸せになれると思っていたんです。憧れが強すぎたのかな……」

優梨子はぽつりぽつりと語りつづける。

よくわからないが、結婚生活に問題を抱えているようだ。しかし、女性とつき合ったことすらない正樹に、アドバイスできることなどあるはずがない。黙って聞いていることしかできなかった。

「ごめんなさい。つまらない話をして」

優梨子がはっとしたようにつぶやいた。

「いえ、つまらなくないです。優梨子さんと話せるだけで満足です」

ずっと黙っていたので、なにか言わなければと思った。そのせいで、よけいなことまで言ってしまう。直後に恥ずかしくなるが、わざわざ訂正するのもおかしい気がした。

「ありがとう……正樹くんと話していると、心が軽くなる気がするの」

優梨子はそう言って微笑を浮かべる。

「不思議ね。たまたま曲がり角でぶつかっただけなのに、もっと前からの知り合いみたい……って、そんなふうに感じているのは、わたしだけよね」

自分の言葉が恥ずかしくなったのか、優梨子は慌ててつけ足した。

本当に夫と上手くいっていないのなら、こうして正樹と話すことで気が紛れるのかもしれない。

「お、俺もです」

正樹はぽつりとつぶやいた。顔が熱くなるが、優梨子の助けになりたいという気持ちが強かった。

「正樹くん……ありがとう。やさしいんですね」

そう言われると照れくさくなる。正樹は慌てて別の話題を探した。

「また、お店に行ってもいいですか？」

「もちろんです。いつでも来てください」

優梨子の声が弾んでいる気がする。正樹はうれしくなり、思わずスキップしたくなった。

「マスターって、なんか不思議な人ですね」

「わたしもよくわからないの。最初はひとりでぶらりと行って、コーヒーを飲んでいたの。そのうち、うちで働きませんか、気分が晴れるかもしれませんよって声をかけてくれたんです。悩みを打ち明けたわけでもないのに」

そう言われると、わかる気もする。

マスターは人の気持ちを察する能力が高いのかもしれない。正樹が優梨子に気があることをわかっていた。

――ゆりちゃんも気づいているんじゃないかな。

そう言っていたことを思い出す。

もしそれが当たっているとしたら、優梨子は正樹の想いに気づいていることになる。

（それは、まずいよ……）

なにしろ優梨子は人妻だ。恋心に気づかれていたら、今後、店に行きづらくなってしまう。

そんなことを考えていると、ふいに優梨子が立ちどまった。

「うち、ここなの」

赤い屋根に白壁の一軒家だ。夫はまだ帰宅していないらしく、窓に明かりは見えなかった。

「送ってくれて、ありがとうございます」

優梨子は丁寧に頭をさげた。

「い、いえ、俺も帰り道がこっちなんで……」

本当は反対方向だが、そんなことを言う必要はないだろう。

「では、また……正樹くんも気をつけて帰ってね」

「また行きます」

家に入っていく優梨子の背中を見送る。

じっと目をこらすと、白いブラジャーとパンティが透けて見えた。だが、それ以上は目に力をこめない。本気で想いを寄せている優梨子のことは、下着以上は透視をしないと決めていた。

3

アパートに帰る前に、近所のコンビニに寄った。

晩飯を買って帰るつもりだ。唐揚げ弁当と、テンションがあがっているので缶ビールも一本、買い物かごに入れた。

レジに向かうと、大学生のアルバイト、二宮理緒《にのみやりお》が立っていた。

「こんばんは。今日も唐揚げ弁当ですか」

理緒が人なつっこい笑みを浮かべる。

よく見かけるので、自然と言葉を交わすようになっていた。正樹は奥手で基本的に女性と話すのが苦手だが、理緒は愛想がよくて話しやすい。こちらが黙っていても、いつもニコニコしているので楽だった。

「これが最高にうまいんだよ」

正樹は答えながら、なにげなく理緒の顔を見つめた。

以前、確か二十歳だと言っていたが、大人っぽい顔立ちをしている。肩にかかる黒髪は艶やかで、白地に青い縦縞の入った制服の胸もとは、大きく盛りあがっていた。濃紺のタイトスカートを穿いており、ウエストは細いがヒップはむっちり張りつめている。

(理緒ちゃんって、彼氏、いるのかな……)

ふとそんなことを考える。

(そりゃあ、いるよな。きっとモテモテだろうな……)

なにしろミスキャンパスに選ばれてもおかしくなさそうな容姿だ。女子大生でこれだけ美人なら、告白されることも多いだろう。理緒のお眼鏡にかなうのは、よほどスペックの高い男に違いない。いったい、どんな男とつき合っているのだろうか。

「理緒ちゃんの彼氏って、やっぱり大学生なの?」

ほかに客がいなかったので、興味本位で聞いてみる。

ふだんは女性にこんなことを尋ねたりしないが、理緒ならいやな顔をしない気がした。そして、実際、楽しげに笑っている。

「彼氏なんて、いないですよ」

弁当とビールのバーコードを読みこみながら、理緒が答えた。

「いやいや、そんなわけないでしょ」

思わず反射的につっこむと、理緒は肩を小さくすくめる。そして、再び口を開いた。

「こう見えても落ちこんでるんだけどなぁ。じつはフラれちゃったんです。それも最近なんです」

「えっ、そうだったの？」

どうやら冗談ではないらしい。理緒は軽い調子で話しているが、瞳の奥に悲しみが見え隠れしていた。

（よけいなこと聞いちゃったな……）

失敗したと思うが、今さら取り消すことはできない。やはりプライベートのことは聞くべきではなかった。

理緒が弁当と缶ビールをコンビニ袋に入れている。

悪いことしたと思いながら、その姿を見つめていた。そのとき、ふいに制服の縦縞がぼやけはじめる。やばいと思ったときは、服の色がどんどん薄くなり、白い素肌が見えていた。

（す、すごい……）

ブラジャーもパンティも淡いオレンジで、乳房はカップから溢れそうになっている。

想像していた以上に大きく、ますます視線が吸い寄せられる。やめなければと思うが、どうしても目から力を抜くことができない。それどころか、さらに力が入ってしまう。

(や、やばい、ダメだ……)

心のなかでつぶやくが、興味のほうが勝っていた。ブラジャーとパンティの色が薄くなり、ついには完全に透けてしまった。

大きな乳房と鮮やかなピンクの乳首、意外にも陰毛が濃厚に生い茂った恥丘が見えている。乳房はカップで押さえつけられているため、正確なサイズはわからないが、朱音や美奈代より大きいのではないか。

いつも元気で爽やかな笑顔を振りまいている理緒が、こんなにも色っぽい身体をしていたとは知らなかった。

(なんていやらしい身体なんだ)

視線をそらすことも忘れて、思わず見惚れてしまう。

これまで性的な目で見たことがなかったので、女体を目の当たりにした衝撃はなおさら大きかった。

「あれ、お箸がないな。ちょっと待ってくださいね」

理緒は弁当につける箸がないことに気づき、棚にあるストックを取るため、こちらに背中を向けた。

（おおっ、こ、これは……）

その瞬間、正樹は思わず叫びそうになった。

理緒が穿いている淡いオレンジのパンティは、なんとTバックだったことがわかったのだ。尻の割れ目に布地がしっかり食いこみ、左右の尻たぶは剝き出しだ。いや、実際はスカートを穿いているので隠れているが、正樹の透視能力の前では剝き出し同然だ。プリッとしたヒップがまる見えだった。

（まさか、Tバックとは……）

なかなか衝撃が冷めない。

活発で健康的なイメージの理緒が、こんなセクシーなパンティを穿いていると は驚きだ。ますます目が離せなくなり凝視する。すると、彼女の腰のあたりが、ふいに透けはじめた。

（な、なんだ？）

これまで経験したことのない現象だ。まさかと思って見つめていると、理緒の腰が透けて内臓が露になった。

(ウソだろ、人間も透けるのかよ)

目をそらすことができずに固まってしまう。

能力の限界なのか、内臓の色は白黒だ。しかし、輪郭はしっかりしており大腸がわかった。

(あれはなんだ?)

大腸に瘤《こぶ》のようなものがあるのを発見した。

これは腫瘍ではないか。悪性の可能性だってある。本人は知っているのだろうか。まだわからないが、万が一、悪性腫瘍なら治療は早いほうがいいに決まっている。

「八百八十五円です」

こちらを向き直った理緒が告げる。

正樹は我に返り、財布を取り出して千円札をトレーに置いた。彼女の腹部へ視線を向けて、目にグッと力をこめる。すると大腸が透けて、やはり不自然な瘤状のものがはっきり見えた。確信はないが、腫瘍のような気がしてならない。なぜかはわからないが悪い予感がした。

「百十五円のおつりです」

お釣りを受け取りながら、どうするべきか懸命に考える。

通院して治療中なら問題ないが、もし理緒が気づいていなかった場合、手遅れになる可能性もある。

「あ、あのさ……この間、風邪引いて病院に行ったんだよね。理緒ちゃんは若いから、病院なんて行かないんでしょ？」

「小倉さんだって若いじゃないですか」

「ま、まあ、そうだけど……」

「病院はしばらく行ってないですね。最後に行ったのがいつなのか思い出せないくらいです」

理緒の返事を聞いて、腫瘍に気づいていないと確信する。なんとかして病院に行かせなければならない。

「最近、どう？」

「どうって、なんの話ですか？」

理緒が不思議そうに首を傾げる。

「なんか変わったこととか、ないかなと思ってさ」

あやふやな聞き方になってしまうが、さっき見えたことを明かすわけにはいかない。なんとかして腫瘍に気づいてもらいたかった。

「バイト、忙しいんでしょ。体調とか崩してない？」

「忙しくないですし、体調も悪くないですよ。なんかおかしいですよ。どうしたんですか？」

理緒が訝《いぶか》るような顔になる。遠まわしに言っているうちに、不信感を抱かれてしまったらしい。

「じ、じつは、親戚のおじさんが癌になったんだよ」

口から出まかせだが、理緒を病院に行かせるためだ。こういう嘘なら許される気がした。

「そうだったんですか……」

「俺は会社で健康診断があるけど、大学生だと健康診断とか受けないでしょ。でも、絶対に受けておいたほうがいいよ」

「でも、わたしは健康だから大丈夫かな。元気だけが取り柄だし」

「そういうことじゃなくて、病気は本人が気づかないうちに進行していることもあるんだよ。健康診断は受けるべきだって」

つい力説してしまう。

腫瘍らしきものが見えているのに、このまま放っておくことはできない。しかし、正樹が必死になるほど、理緒が訝るのがわかった。

「ご、ごめん……なんとなく気になって……じゃあ、また」

正樹はコンビニ袋を手にすると、逃げるように店を出る。そして、振り返ることなく立ち去った。

4

月曜日の会社帰り、正樹は例のコンビニに立ち寄った。

レジを見ると、理緒が立っている。この間の腫瘍らしきもののことが気になっており、もう一度、あの力を使って確認するつもりだ。

弁当を買い物かごに入れてレジに向かう。ところが、なぜか理緒は黙りこんだまま、正樹の顔をじっと見つめていた。

「どうしたの？」

こらえきれずに正樹のほうから口を開く。なにやら深刻そうな表情をしているのが気になった。

「病院に行ったんです」

「えっ、行ったの？」

この間、話した感じでは行かないと思っていた。

それでも行ったということは、なんとなく体の不調を感じていたのかもしれない。いずれにせよ、検査を受けるのは悪いことではないだろう。

「それで——」

理緒が静かに語りはじめる。

いつもの明るさは消え失せて、言葉を選ぶように慎重に話していた。腹部のレントゲンを撮り、腫瘍が見つかったという。

やはりあれは腫瘍だったのだ。そんなものまで見えるとは驚きだ。

困った能力だが、人の役に立つこともあるとわかり、そんなに悪いものではない気もしてきた。しかし、どうしてこんな能力が身についたのかは依然としてわからないままだった。

「小倉さんのおかげです。ありがとうございます」

「いや、俺はただ健康診断を受けたほうがいいと思っただけだから……」

「そうなんですか。あまりにもタイミングがよかったから、予知能力でもあるのかと思いました」

理緒の言葉にドキリとする。

予知能力はないが、透視能力ならある。しかも、人の内臓までのぞけるのだ。

正樹は思わず視線をそらすが、理緒は構うことなく話しかけてきた。

「お礼がしたいから、わたしの部屋に来てくださいませんか？」

一瞬、意味がわからず首を傾げる。

それは理緒の家に呼ばれたということだろうか。ひとり暮らしの女子大生の部屋に入ったことなど、これまで一度もない。大学時代に叶わなかったことが、まさか今ごろ現実になるとは思いもしなかった。

（いや、でも……）

これはただの社交辞令だ。浮かれてはいけないと自分に言い聞かせる。真に受けたら、彼女も困ってしまうだろう。

「もうすぐ、バイトが終わるんです」

理緒がぽつりとつぶやいた。

正樹は意味がわからず黙っている。すると、理緒は焦れたように言葉を重ねてきた。

「このあと、お時間ありますか?」

まさか先ほど言っていたことは本気なのだろうか。とまどっていると、返事をうながすように見つめられた。

「時間なら、あるけど……」

「じゃあ、決まりですね」

理緒は軽い口調で言うと、弁当の会計をすませる。そして、時間を確認してからレジを出た。

「ちょっと待っててください。タイムカードを押してきますから」

バックヤードに向かうと、すぐに戻ってくる。制服は脱いでおり、Tシャツ一枚にスカートという服装になっていた。

「わたしのうち、すぐ近くなんです」

理緒に導かれるまま歩きはじめる。

まったく予想していなかった展開だ。本当に彼女の部屋に行くらしい。ご飯でもご馳走してくれるのだろうか。それなら、弁当を買う必要はなかった。右手にぶらさげたコンビニ袋をチラリと見やる。

(こいつは、明日の朝飯になるかもしれないな)

そんなことを考えながら歩いていると、理緒が目の前のアパートを指さした。

「ここです」

二階建ての比較的新しい建物だ。正樹が住んでいる年季の入ったアパートとはまるで違っていた。

「狭いところですけど、入ってください」

「し、失礼します」

女性の部屋だと思うと、それだけで緊張してしまう。

六畳一間のワンルームだ。学生向けのアパートらしく、かなりコンパクトに作られている。それでも女性らしく整理整頓が行き届いており、なにより石鹸なのか香水なのか、いい匂いが漂っていた。

黄緑の絨毯が敷いてあり、奥の窓の手前にベッドが置いてある。窓にかかっているカーテンは緑だ。白いローテーブルとカラーボックスが置いてあり、ノートパソコンがあるがテレビは見当たらなかった。

「お茶を淹れますね。適当に座ってください」

「う、うん……」

そう言われても、どこに座ればいいのか迷ってしまう。立ちつくしていると、理緒が再び声をかけてきた。

「ベッドに座っていいですよ」

「で、でも……」

なんとなくベッドに座るのは気が引ける。

ところが、理緒はまるで気にならないようだ。おそらく、正樹のことを男としてまったく意識していないのだろう。

「遠慮しないでください」

「で、では……」

あまり遠慮するのもおかしいと思い、ベッドにそっと腰かける。ギシッと軋む音がして、なおさら緊張が高まった。

「お待たせしました」

しばらくして、理緒がマグカップをふたつ持って戻ってくる。

ローテーブルにマグカップを置くと、理緒は正樹のすぐ隣に腰をおろす。またしてもベッドが軋み、ふたりきりだということを意識してしまう。肩が今にも触れそうなほど距離が近かった。

「どうして、腫瘍があるってわかったんですか？」

唐突にそう言われてドキリとする。

（まさか、俺の能力に気づいているんじゃや……）

緊張がマックスまで跳ねあがった。

恐るおそる理緒の顔を見やれば、いたずらっぽい笑みを浮かべていた。どうやら、本気で言ったわけではないらしい。

「ぐ、偶然だよ。腹のなかが見えるわけないだろ」

正樹は慌てて話を合わせた。

すると、理緒は楽しげに笑ってくれる。みんなを幸せにする笑顔だ。彼女がレジに立っていることで、コンビニは売上が伸びているに違いない。本気でそう思えるほど、理緒の笑顔は魅力的だった。

「それで手術して取ることになりました」

一転して理緒がまじめな顔になる。

腫瘍は内視鏡手術で取ることになったという。入院は一日だけですむという話で、それほどむずかしいものではないらしい。

「そうなんだ……」

正樹としては、悪化して取り返しがつかなくなる前でよかったと思う。しかし、理緒は不安げな表情だ。

「先生は大丈夫だって言うけど……やっぱり怖いです」

痕はほとんど残らないというが、それでも手術であることに変わりはない。恐怖を感じるのは当然のことだ。

こういうとき、どんな言葉をかければいいのだろうか。大丈夫というのは簡単だが、無責任な気もする。だからといって、怖がっている彼女を元気づける言葉は思いつかなかった。

そのとき、理緒がすっと寄りかかってきた。正樹の肩に頭をちょこんと乗せる格好だ。

「り、理緒ちゃん?」

思わず困惑の声を漏らした。

先日、童貞を卒業したとはいえ、女性経験はまだまだ少ない。こうして軽く触れているだけでも理性が揺らいでしまう。彼女の髪から漂ってくる甘いシャンプーの香りが鼻腔をくすぐっていた。

「今だけでいいんです。いっしょにいてください」

理緒が消え入りそうな声で懇願する。

そう言われると突き放すことはできない。正樹は迷ったすえに、彼女の肩に手をまわした。

5

どれくらいの時間、そうしていたのだろうか。

正樹は理性の力を総動員して、理緒のことを見ないようにしていた。密着した状態で見てしまえば、自然と目に力が入るのは間違いない。能力が発動して下着だけではなく、裸まで見えてしまうのだ。

こうしているだけでもペニスがムズムズしているのに、裸を目にしたら勃起するに決まっている。理緒は不安と恐怖に苛まれているのだ。勃起している場合ではなかった。

「小倉さん……今夜は泊まってくれますか？」

理緒がぽつりとつぶやいた。

「それは……」

「近々、手術なんです。先生のスケジュール次第で」

「そうなんだ……」

思わず理緒の顔をじっと見てしまう。とたんに彼女の輪郭がぼやけて、服の色が薄くなっていく。あっという間にラベンダー色のブラジャーとパンティがはっきり見えた。

(や、やばい……)

慌てて目をそらそうとするが、もう間に合わない。逆に力が入って、下着まで透けはじめてしまう。

カップで押さえられているが、白くて大きな乳房と鮮やかなピンクの乳首、さらには陰毛が生い茂る恥丘もはっきり見える。ここまでなんとかこらえてきた欲望が刺激を受けて、瞬く間にペニスが反応してしまう。

(くッ……)

スラックスの前がふくらむが、まだ理緒は気づいていない。今のうちになんとか鎮めようと、必死に心を落ち着かせようとする。

「いろいろ調べたんです。そうしたら、若いと病気の進行が早いって……」

どうやら、理緒は転移の心配をしているらしい。それならばと正樹は目に力をこめて、彼女の大腸をのぞいてみた。

（大きさは、この前とほとんど同じだな。ほかの場所は……）

全身を見まわしてみるが、しこりなどは見つからない。素人判断ではあるが、今のところ転移はない気がする。

「大丈夫、きっと転移してないよ」

「本当ですか？」

理緒が潤んだ瞳で見つめてくる。

「た、たぶん……だけど」

勢いで大丈夫と言ってしまったが、医者ではないので確信はない。失敗したと思うが、理緒は穏やかな笑みを浮かべた。

「気休めでもうれしいです」

「理緒ちゃん……」

愛おしさがこみあげて、肩を強く抱き寄せる。その直後、理緒が身体をこわばらせた。

「ウソ……どうして？」

なにやら小声でつぶやくのが聞こえる。

はっとして見やると、理緒の視線は正樹の股間に向いていた。スラックスの前が、あからさまに盛りあがっている。この状況では、誰が見ても勃起しているのは一目瞭然だ。

（最悪だ……）

嫌われたのは間違いない。平手打ちされることを覚悟するが、理緒は意外にも濡れた瞳で見あげてきた。

「どうして、こんなになってるんですか？」

まさか勃起した理由を聞かれるとは思いもしない。とっさに答えられず、額に冷や汗が滲んだ。

「そ、それは……り、理緒ちゃんが……」

なにを言っても不正解な気がする。困りはてて黙りこむと、理緒はさらに身体を寄せてきた。

「抱いてください」

ささやくような声だった。自分の耳を疑うが間違いない。理緒は懇願するような瞳を向けていた。

「怖いんです……お願いします」

手術を怖がる気持ちはわからなくもない。それに最近、理緒は彼氏にフラれたと言っていた。心の支えになる人がいなくなったばかりで、よけいに不安なのかもしれない。

「今夜だけ……今夜だけでいいから」

理緒はそう言って、スラックスのふくらみに手のひらを重ねた。

「うっ……」

甘い刺激がひろがり、思わず小さな声が漏れてしまう。それと同時に、抑えこんでいた欲望がふくれあがった。

「り、理緒ちゃんっ」

名前を呼ぶなり、女体をベッドに押し倒す。仰向けになった理緒は、縋るような瞳で見つめていた。

抱かれることで安心できるのなら、これは人助けだ。正樹は自分の欲望を正当化すると、彼女のTシャツをまくりあげて頭から抜き取った。露になったのは上から見えていたのと同じラベンダー色のブラジャーだ。カップの縁が柔肉にめりこんでおり、窮屈そうに見えた。

さらにスカートもおろしてつま先から抜き取れば、ラベンダー色のパンティが現れた。

（そういえば……）

ふと数日前の出来事を思い出す。

理緒はTバックのパンティを穿いていた。とはいっても、ナマで見たわけではなく透視だが、あのときの衝撃は忘れられない。潑剌とした彼女と色っぽいパンティのギャップが強烈だった。

（もしかしたら、これ……）

確認せずにはいられない。正樹は仰向けになっている理緒の女体をうつ伏せに転がした。

「や、やっぱり……」

思わずつぶやき、両目をカッと見開いた。

ラベンダー色のパンティは、やはりTバックだった。細い布地が臀裂にしっかり食いこみ、白い尻たぶが剝き出しになっている。腰が細く締まり、尻はプリッと張りつめていた。

（なんて色っぽいんだ……）

惚れ惚れするような美尻だ。正樹はほとんど無意識のうちに両手を伸ばして、左右の尻たぶにあてがった。

「あンっ」

とたんに理緒の唇から甘い声が溢れ出す。

その声が正樹の行為を加速させて、尻たぶをゆったり揉みあげる。双臀はまるで搗《つ》き立ての餅のようで、指先がいとも簡単に沈みこむ。溶けそうな感触に誘われて、ねちっこく揉みつづけた。

「ああンっ、お尻ばっかり……」

理緒が恥ずかしげにつぶやき身をよじる。その姿が色っぽくて、ますます正樹の欲望はふくれあがった。

急いで服を脱ぎ捨てて裸になると、勃起したペニスを剝き出しにする。そして、Tバックのパンティを引きおろしてつま先から抜き取り、ブラジャーのホックをはずした。

再び女体を仰向けにしてブラジャーを引き剝がす。これで理緒が身体に纏《まと》っている物はなくなった。

「ああっ……あんまり見ないでください」

理緒は羞恥の声を漏らして、目の下を赤く染めあげる。それでも乳房を隠すことなく、両手は身体の脇に置いていた。

カップの押さえつけから解き放たれた乳房は、まるでプリンのようにフルフルと揺れている。やはり朱音や美奈代より大きく、しかも若いだけあって張りが違う。そのため先端で揺れる乳首の位置が高かった。

「き、きれいだよ」

褒めようとするが、興奮のあまり声が震えてしまう。

陰毛は手入れをせず自然な感じで生えている。濃厚で黒々としているのが淫らで、瞬く間にテンションがあがっていく。

「り、理緒ちゃん……」

早く挿入したくてたまらない。こうして見ているだけでも、我慢汁が溢れてとまらなくなっていた。

正樹は彼女の膝をつかむと、M字形にグッと押し開く。露になった白い内腿の中心部に、形崩れのいっさいないピンクの割れ目が見えていた。いかにも経験が少なそうな美しい女陰だ。

（こ、これが理緒ちゃんの……）

思わず前屈みになって顔を寄せると、陰唇に口を押し当てる。

「ああっ、そ、そんなこと……」

理緒の全身がビクッと震えて、甘い声が溢れ出す。

二枚の花弁は驚くほど柔らかい。舌を伸ばして舐めあげれば、それだけで溶けてしまいそうだ。割れ目に何度も舌を這わせると、やがて恥裂から透明な汁が染み出した。

ピチャッ、クチュッという湿った音が響きわたる。その音に呼応するように、理緒の身悶えが激しくなっていく。

「はンンっ、お、小倉さん……」

もう我慢できなくなってきたのか、理緒が腰を右に左にくねらせる。愛蜜の量はさらに増えて、女陰もトロトロになっていた。

「お、俺も、もう……」

我慢できないのは正樹も同じだ。すでにペニスは破裂寸前まで膨張して、先端から大量の我慢汁を垂れ流していた。

正常位の体勢で覆いかぶさり、亀頭の先端を割れ目に押し当てる。興奮にまかせて腰をグッと押し出した。ところが、亀頭は濡れた女陰の表面をヌルリと滑ってしまう。もう一度チャレンジするが、やはり結果は同じだ。

（くっ、入らないぞ……）

焦りが生じて額に汗が滲む。まだ三回目のセックスで、しかも正常位はこれがはじめてだ。上手くいかなくて当たり前だが、ここで手間取るのは格好悪い。今度は慎重に亀頭を押し当てて、腰をゆっくり押し進めた。

「ふんんっ」

二枚の陰唇を巻きこみながら、亀頭がヌプッと沈みこむ。膣口にしっかりはまり、あとは勢いのまま埋まっていく。

「ああッ、ゆ、ゆっくり……はああッ」

理緒の身体がのけぞり、眉が八の字に歪んだ。

カリが膣壁を擦りながら進むと、女体は敏感に反応する。膣がウネウネと蠢いて、太幹を思いきり締めつけた。

「くううッ、す、すごいっ」

正樹もたまらず呻き声をあげる。

早くも凄まじい快感が押し寄せて、一気に射精欲がふくれあがった。自分主体の正常位で挿入したという悦びもあり、ますます快感が大きくなる。根元まで押しこむと、さっそくピストンを開始した。

「そ、そんな、いきなり……あああッ」

理緒が震える声で訴える。

しかし、正樹には余裕がまったくない。興奮と快楽で頭のなかがまっ赤に燃えあがっている。もう昇りつめることしか考えられない。思いきり腰を振り、ペニスを力強く出し入れする。

「ううッ、り、理緒ちゃんっ」

とてもではないが黙っていられない。

膣襞が太幹にからみつき、表面をヌメヌメと動きまわる。まるで無数の舌で舐めまわされているような感触だ。瞬く間に快感がふくれあがり、さらに腰の動きを加速させた。

「は、激しいっ、あああッ、激しいですっ」

理緒は背中を思いきりそらして、喘ぎ声を響かせる。

両手で乳房を揉みあげて、指先で乳首を転がせば、さらに女体の反応は顕著になった。

「はああッ、い、いいっ、あああッ」

喘ぎ声が大きくなり、くびれた腰をくねらせる。膣道は収縮と弛緩をくり返して、ペニスを奥へ奥へと引きこんでいく。

「き、気持ちいいっ……おおおッ」

睾丸のなかで精液が沸騰している。正樹は欲望にまかせて、腰を全力で振り立てた。

「あああッ、も、もうっ、わたしっ、ああああッ」

理緒も絶頂が迫っているらしい。切羽つまった声をあげて、首を左右に振りはじめる。ペニスの突きこみに合わせて股間をしゃくり、太幹をギリギリと絞りあげた。

「おおおッ、お、俺も、もうっ……」

先に達するのは格好悪いが、これ以上は耐えられない。正樹はラストスパートの抽送に突入した。

「あああッ、ああッ、い、いいっ」

理緒の喘ぎ声を聞きながら、ついに絶頂の大波に呑みこまれる。

「くおおおッ、で、出るっ、おおおッ、ぬおおおおおおおッ！」

ペニスを根元までたたきこみ、女壺の熱さを感じながら、懸命に抑えてきた欲望を解き放つ。ザーメンを思いきり噴きあげて、脳髄が灼きつくされるような快楽に溺れていく。

「あああッ、す、すごいっ、ああああッ、イクッ、はあああああッ！」

理緒もアクメのよがり泣きを響かせる。膣奥に沸騰した精液を注がれた衝撃で一気に絶頂に達したらしい。腰を激しく痙攣させて、女体をエビのように仰け反らせた。

「り、理緒ちゃんっ」

正樹は思わず名前を呼びながら、悶える彼女の身体を抱きしめる。ペニスはまだ深く刺さったまま、精液を放出していた。

(き、気持ちいい……最高だ)

はじめての正常位で得られた快楽は、これまでと異なるものだった。

自分が女性を絶頂に導いたという満足感が、快楽を何倍にもアップさせる。性の新たな扉を開いた気がした。

理緒は静かに睫毛を伏せている。

両手を正樹の腰に添えた状態で、絶頂の余韻に浸っていた。まだ膣は締まっており、ペニスをしっかり食いしめている。アクメに達したことで、手術の恐怖が少しは紛れたのだろうか。

能力によって腫瘍を早期発見できたのはよかったと思う。しかし、見てしまった以上、さりげなく指摘するだけではすまない。どうしても気になり、そのあとのケアも必要になる。今回のようなことばかりならいいが、そのうち面倒な事態に巻きこまれるのではないか。

やはり、やっかいな能力だ。

子供のころは超能力に憧れたこともある。予知能力や念動力、瞬間移動や空中浮揚など、本当にあれば夢のようだと思っていた。しかし、いざ透視能力を手に入れても、とまどうことのほうが多かった。

第四章　女医の悶絶治療

1

火曜日、正樹は仕事を終えると病院に向かった。

今は廊下の長椅子に座り、診察室に呼ばれるのを待っているところだ。診察時間は午後六時までだ。時間が迫っているためか、患者の姿はほとんど見当たらなかった。

（もし、検査で異常が見つかったら……）

考えると不安になる。

なにか異常があるとすれば、脳か目ということになるだろう。万が一、手術するとなると、かなり大がかりになるのではないか。理緒が不安になっていた気持ちが、今になってよくわかる。

（もっと、やさしくしてあげればよかったな……）

心のなかで理緒に謝罪する。

そのとき、内ポケットに入れていたスマホが、メールの着信音を響かせた。確認すると、理緒からのメールだった。

『手術、無事に終わりました。ありがとうございます！』

短い文面から、理緒のほっとした気持ちが伝わってくる。

（そうか、理緒ちゃんの手術、今日だったよな）

正樹も安堵すると同時に、勇気をわけてもらった気がした。

『よかった。がんばったね』

なにを書けばいいのかわからず、それだけ書いて返信する。自分もがんばらなければと思ったとき、診察室のドアが開いた。

「小倉さん、診察室にどうぞ」

顔をのぞかせたのは看護師の笹本結衣だ。

相変わらず愛らしい顔立ちで、やさしげな微笑を浮かべている。結衣の顔を見たことで、ほんの一瞬だけでも不安が紛れる気がした。

「はい……」

正樹が立ちあがると、ドアを大きく開いてくれる。

検査結果を聞くのは怖いが、逃げるわけにはいかない。診察室に入ると、女医の相沢葉子がモニターに映し出されたＭＲＩの画像を確認していた。

「どうぞ、おかけになってください」

葉子は眼鏡のレンズごしにこちらとチラリと見て、抑揚の少ない声で告げる。知的な雰囲気だが、どこか冷たい感じがするのは第一印象のままだ。それでも二回目なので、いくらか打ち解けている気もした。

「具合はいかがですか？」

葉子はそう言うと、再びモニターに視線を向ける。

頭部を輪切りにした画像はかなりの枚数だ。それらを一枚いちまい、慎重にチェックしている。

「とくに変わっていないです」

正樹が答えても、葉子は返事をしない。それより、画像のチェックに忙しいらしい。

結衣は寄り添うように葉子の隣に立った。そして、いっしょになって画像に視線を向けるが、なんとなく眺めているという感じだ。おそらく、詳しいことはわからないに違いない。

「脳に異常はありません」

葉子はようやく正樹に向き直った。

「血液のほうも問題ありませんでした」

「そうですか……」

ほっとしたような、それでいながら少しがっかりした気分だ。

これでは治療の方針が立たない。勇気を振り絞って検査に来たのだから、悪いところが見つかってほしかった。

「じゃあ、健康ということですか？」

「検査した範囲ではなにも見つからなかっただけで、健康ということではありません」

葉子はそう言うと、正樹の目をまっすぐ見つめる。

「まだ服が透けて見えますか？」

どこか探るような口調になっていた。

本気にしていないのか、それとも別の病気を疑っているのか、いずれにせよ全面的に信用しているわけではないようだ。

「はい……ときどき……」

正樹は迷いながらも頷いた。

この際なので徹底的に検査してもらいたい。まだこうなってから一週間ほどしか経っていないが、すでに持てあましていた。

「目がおかしいのでしょうか。眼科で検査を受けたほうがいいですかね?」

もとの体に戻りたい。なんとかして治療法を見つけたかった。

「目の検査しても無駄だと思うわ。そんな症例はないそうよ」

葉子はすでに眼科の医師に相談したという。ところが、目の疾患で服が透けて見える症例は聞いたことがないらしい。

「実際、どんなふうに透けて見えるの?」

葉子が尋ねると、隣に立っている結衣も興味津々といった視線を向ける。ふたりから見つめられて、緊張が高まってしまう。

「この間はちゃんと確認しなかったのだけれど、つまり裸が見えるということなの?」

「え、えっと、それは……」

女性を前にして「はい」と言いづらい。正樹が言いよどんだ直後、どこかでブブッという微かな音が聞こえた。

(なんだ、この音?)

診察室のなかに視線をめぐらせる。

だが、どこから聞こえているのかわからない。とにかく、なにかが振動するような音がつづいていた。

最初は虫の羽音かと思った。しかし、よくよく耳を澄ますと、機械的な音のような気もする。ここは病院なので、医療機器で音を発するものがあるのかもしれない。

そう結論づけようとしたとき、異変に気がついた。

(どうしたんだ?)

正樹は思わず眉間に縦皺を刻みこんだ。

葉子の隣に立っている結衣が、なぜか頬を赤らめている。妙に艶めいた表情になっており、内腿をもじもじ擦り合わせていた。なにかおかしいと思って、ついつい視線が吸い寄せられていく。

自然と目に力が入る。とたんに結衣の白衣が透けて、真紅のブラジャーとパンティがまる見えになった。

しかも布地の面積がやけに小さい。カップから小ぶりな乳房の大部分がのぞいており、パンティは股間をかろうじて覆っているだけだ。無毛でなかったら、陰毛が思いきりはみ出していただろう。かわいい顔に似合わず、ずいぶん大胆な下着だった。

(仕事中にこんな格好を……)

なにか釈然としない。

もちろん、誰かに迷惑をかけているわけではないので、どんな下着をつけようが結衣の自由だ。しかし、なにか不自然な気がする。そういえば、前回来たときは偶然にも葉子と色違いの下着だった。

思わず葉子に視線を向ける。すると、なぜか口もとに妖しげな笑みを浮かべていた。

(なんで笑ってるんだ?)

またしても目に力が入ってしまう。

その結果、葉子の白衣が瞬く間に透けていく。グラマラスな女体に纏っているのは、真紅のブラジャーとパンティだ。レースのいかにも高価そうな下着が、ツンとした美貌に似合っている。

デザインこそ違うが、色は結衣と同じだ。これも単なる偶然だろうか。

(なんか、おかしくないか?)

心のなかでつぶやき、思わず首を傾げる。

「どうかしたの?」

葉子に声をかけられて、はっと我に返った。

しかし、こうしている間もジジジッという微かな音が響いている。隣に立っている結衣は、赤く染まった顔をうつむかせていた。懸命にこらえようとしているが、腰が右に左に揺れている。瞳はじっとり潤んでおり、欲情しているようにしか見えない。

(おかしい……絶対におかしい……)

なにが起きているのかはわからない。とにかく、違和感を覚えて、葉子と結衣を交互に見やった。

「もしかして、わたしたちの裸が見えているのかしら?」

「ま、まさか……は、ははは っ」

慌ててごまかそうとするが、頬の筋肉がひきつってうまく笑えない。図星を指されて激しく動揺していた。

そのとき、ふと葉子の右手が目に入った。

さりげなくデスクの上に置いているが、どこか不自然だ。なにかを握りこんでいる気がしてならなかった。

（よし……）

葉子の右手を見つめて、目にグッと力をこめる。

人体を透視するのは大変だが、それでも手の輪郭がぼやけて、小さな長方形の物が透けて見えた。

（リモコン……かな？）

その小さな箱には、スイッチがふたつある。そのうちのひとつを、葉子がそっと押した。

――ブブブッ。

それまで聞こえていた謎の音がわずかに大きくなる。それと同時に隣に立っている結衣が膝を小刻みに震わせた。

「ンンッ……」

下唇を噛みしめて、漏れそうになる声をこらえている。女体になにか急激な変化が起きたのは間違いない。そんな結衣の姿を目にして、葉子は唇の端に笑みを浮かべていた。

(こ、これって、まさか……)

正樹は自分の脳裏に浮かんだ考えに戦慄を覚える。

まさかと思いながら、結衣に視線を向けて、目に力をこめた。真紅の極小ブラジャーとパンティが透けて、スレンダーな裸体が露になる。小ぶりな乳房も無毛の恥丘も愛らしい。さらに下腹部を凝視すれば、膣道にうずらの卵のような物体が入っているのを確認した。

(やっぱり……)

思った通りだ。

葉子が右手に握っているのはリモコンで、結衣は膣のなかにローターを挿れている。これはリモコンローターを使ったプレイだ。

先ほどから聞こえているブブブッという微かな音は、ローターの振動音で間違いない。葉子がスイッチのオンオフや強弱を操作して、結衣が悶える様子を楽しんでいるのだ。

（いったい、なにを考えてるんだ……）

沸々と怒りがこみあげる。

ふたりがどういう関係なのかは、こちらの知ったことではない。藁《わら》にも縋る思いで病院に来たというのに、患者の前で淫らなプレイを楽しんでいることが許せなかった。

ふいにローターの振動音がとまり、結衣が小さく息を吐き出した。身体の震えもとまって、ほっとした顔になる。

（ローターをオフにしたんだな）

葉子を見やれば、リモコンを握りしめて結衣の表情を確認していた。

そして、再びスイッチをオンにする。とたんに振動音が響いて、結衣が全身を硬直させた。葉子がさらにリモコンを操作すると、音がわずかに高くなる。とはいっても、耳を澄ましていなければわからない程度のボリュームだ。

「ンンンッ」

結衣は慌てて下唇を嚙みしめる。顔が赤く染まり、唇の隙間から快楽とも苦痛ともつかない声が漏れていた。

もう一段階、振動音が大きくなる。

ローターの動きが激しくなったに違いない。結衣は内腿を強く閉じて、身体をピーンッと硬直させている。顔をうつむかせていることもできず、顎が大きく跳ねあがった。

「ンッ……ンンッ」

唇の隙間から、こらえきれない呻き声が漏れている。

普通の人には具合が悪いようにしか見えないかもしれない。しかし、正樹の目には女体の変化がはっきり見えていた。

極小ブラジャーのなかで、乳首がピンッととがり勃っている。パンティに包まれている股間は、大量の華蜜でドロドロだ。結衣は眉を八の字に歪めて、押し寄せる快感に耐えていた。

このままでは絶頂に達してしまうのではないか。見ているほうが不安になり、黙っていられなかった。

「だ、大丈夫ですか？」

正樹は思わず声をかけた。

なにが行われているかわかっているのに、見て見ぬフリはできない。こうして話しかけることで、葉子がローターをとめるのを期待した。

ところが、葉子はとめるどころか、ますます振動を強くしてしまう。ローターの音が大きくなり、結衣は自分の身体を両手で抱きしめて硬直した。しばらく固まっていたかと思うと、急にガクガクと痙攣する。

「ンンッ……はンンンッ！」

懸命に抑えているが、くぐもった声が漏れていた。

（今のって、もしかして……）

正樹は信じられない思いで、結衣と葉子を交互に見やった。

絶頂に達したのは間違いない。結衣は目の焦点が合っておらず、呼吸をハアハアと乱していた。

（いくらなんでも……）

こんなことが許されていいはずがない。

診療中だというのに、医師と看護師がリモコンロータープレイを楽しんでいたのだ。

裏を返せば、正樹をまるで相手にしていなかったことになる。真剣に悩んでいるのに、まともに取り合っていなかったのだ。口では調子のいいことを言っていたが、本当は正樹の言葉を信じていなかったのだろう。

「怖い顔をして、どうかしたの？」

「せ、先生……」

怒りをぶつけようとして、寸前で呑みこんだ。

今、ここで騒ぎ立てると見えていたことがバレてしまう。こそこそ盗み見ていたようで、それはそれでうしろめたい。

（くっ……どうして、こんな病院に来ちゃったんだ）

今さらながら後悔する。

しかし、脳に異常がないことだけはＭＲＩを撮ったので確実だ。それがわかっただけでも、よしとするしかなかった。

ここにいても時間の無駄だ。怒りをこらえて腰を浮かそうとしたとき、葉子が正樹の腕をつかんだ。

「精算をすませたら、そのまま待合室にいなさい」

「どうしてですか？」

意味がわからず尋ねると、葉子はまっすぐに正樹の目を見据えた。

「わたしは医者よ。もう少し詳しく話を聞かせてほしいの」

もしかしたら、見えてしまうことに、なにか説明ができるのかもしれない。正樹は暗闇のなかで希望の光を見つけた気がして頷いた。

2

待合室の椅子に座っていると、ほどなくして葉子がやってきた。

グレーのスーツを着て、クールな美貌に微かな笑みを浮かべている。白衣を脱いでも、ツンとしていることに変わりはない。どこか近寄りがたいところが、葉子の魅力だった。

葉子のうしろには結衣の姿もある。花柄のワンピースを着ており、弾むような足取りだ。私服だとますます愛らしくなり、白衣を脱いだことで看護師らしさは消えていた。

(ローターは抜いたみたいだな)

見るまでもない。軽やかな動きを見れば、淫具の刺激から解放されたのは間違いなかった。

「行きましょう」

葉子は当たり前のように言うと、病院から出ていってしまう。そのあとを結衣がつづき、正樹もわけがわからないまま追いかけた。

通りに出ると、葉子は一台のタクシーをとめる。そして、後部座席に葉子と正樹、助手席に結衣が座った。結衣が行き先の住所を運転手に告げて、タクシーが走りはじめた。

「どこに向かってるんですか？」

正樹は恐るおそる尋ねるが、葉子はそっぽを向いて答えてくれない。助手席の結衣も黙りこんでいる。

もしかしたら、ほかの病院に行くのか。そこで精密検査を受けるのかもしれない。しかし、それなら説明してくれればすむ話だ。どうして、ふたりとも黙っているのだろうか。

(もしかして、すごく悪いことが体に起きているんじゃ……)

これまで感じたことのない恐怖が湧きあがる。

なにしろ、急に服が透けて見えるようになったのだから普通ではない。やはり何千万人にひとりの奇病なのかもしれない。

(俺、大丈夫なのかな？)

真実を聞くのが怖くなり、正樹もむっつり黙りこんだ。

車窓を流れる夜景を眺めていると、ふと優梨子の顔が脳裏に浮かぶ。不安が大きくなり、優梨子に会いたくてたまらなくなった。

十五分ほど乗車していただろうか。タクシーがスピードを落として、タワーマンションの前で停まった。

「どこですか？」

タクシーを降りて周囲に視線をめぐらせる。しかし、どこにも病院は見当たらなかった。

「ここよ」

葉子はタワーマンションの正面玄関に向かう。当然のように結衣がつづき、正樹は慌てて追いかけた。

エントランスは大理石で、オートロックのドアは必要以上に大きい。なかに入るとカウンターがあり、コンシェルジュが恭しく頭をさげる。予想外の場所に来て正樹は緊張してしまうが、葉子と結衣は慣れた様子で歩いていく。

奥にあるエレベーターに三人で乗りこむと、葉子は最上階である四十階のボタンを押した。

「このマンションのなかに病院があるんですか？」

正樹は遠慮がちに尋ねる。そんなはずはないと思うが、病院がなければここに来た理由がわからない。

「病院はないわ」

葉子はあっさり言い放つ。そして、正樹の顔をまっすぐ見つめる。

「カウンセリングよ。いろいろ聞かせてもらおうと思って」

「ああ、カウンセリングですか」

わかった風な返事をするが、実際は今ひとつ理解できていない。

今後の治療に向けて、医師と話し合うことはあると思う。むずかしい病気ならなおさらだ。しかし、それは病院でもできる気がする。どうして、わざわざタワーマンションに来たのだろうか。

(カウンセリング室があるのかな?)

気になって仕方ないが、なんとなく質問できる雰囲気ではない。

葉子も結衣もいっさい口を開かず、エレベーターの階数を示すパネルを見つめていた。

やがて四十階に到着して、扉が静かにスーッと開く。廊下は赤い絨毯が敷いてあり、まるで高級ホテルのようだった。

「こんなところに住める人って、どんな仕事をしてるんでしょうね」

正樹がつぶやくと、なぜか結衣がクスクス笑う。葉子は表情を変えることなく廊下を歩いていく。

わけがわからないままついていくと、葉子はあるドアの前で立ちどまった。そして、バッグからキーを取り出して解錠する。ドアを開けると、目で入るようにうながされた。

「失礼します」

玄関から長い廊下が奥に向かって延びている。そこを歩いていくと、広々としたリビングに到着した。

「すごいな……」

三十畳はあるだろうか。思わず立ちつくして部屋のなかを見まわした。

家電量販店でしか見たことのない大画面のテレビがあり、まるで宝石のようなシャンデリアが天井からぶらさがっている。L字形に配置された巨大なソファセットに重厚感のあるウォールナットのサイドボードも高価そうだ。

なにより窓から見渡せる夜景が素晴らしい。はるか下を走る車のライトや瞬くネオンが、夜の街を美しく彩っている。四十階の部屋に住めば、この景色を毎晩眺めることができるのだ。

「俺も、こんなところに住んでみたいな」

正樹は思わずぽつりとつぶやいた。

自分には一生手が届かないとわかっている。このマンションがいくらするのかは知らない。それでも、どんなに必死になって働いて、コツコツ貯金したところで買えるはずがなかった。

「景色なんて、すぐに飽きるわよ」

葉子がつまらなそうに言い放つ。まるで、この夜景を毎晩見ているような言い方だ。

「えっ、ちょっと待ってください……」

まさかと思って葉子の顔を見つめる。すると、葉子は無表情だが、隣に立っている結衣がクスリと笑った。

「ここって……先生のご自宅なんですか？」

思いきって尋ねると、葉子はあっさり頷いた。

「そうよ。今ごろ気づいたの？」

「そ、そうだったんですか……」

正樹は驚きを隠せず、頬の筋肉をひきつらせた。

医者は金持ちのイメージがあるが、こんなタワーマンションに住めると思うとうらやましかった。

「こっちに来て座りなさい」

葉子にうながされるまま、正樹は大きなソファの中央に座る。すると、右側に葉子が、左側に結衣が腰をおろした。

(な、なんだ?)

いったい、なにがはじまるのだろうか。困惑する正樹を無視して、葉子が静かに口を開いた。

「カウンセリングをはじめる前に、わたしたちのことを教えておくわね。そのほうが話しやすいと思うから」

「先生と看護師さんのことですか?」

「そうよ。だって気になるでしょう」

そう言われて、リモコンローターのことを思い浮かべる。いったい、ふたりはどういう関係なのだろうか。

「結衣ちゃんもここに住んでいるの」

葉子はそう言って微笑むと、左側にいる結衣も恥ずかしげに笑う。

ふたりの同居は二年前からはじまった。葉子が三十四歳で結衣が二十六歳、八歳差の同性カップルだという。

「そ、そうですか……」

どう反応すればいいのかわからない。とりあえず、頬の筋肉をこわばらせながらも相づちを打った。

「さっき、わたしたちが病院でなにをしていたのか気づいていたわよね？」

思いも寄らない質問を投げかけられる。

心の準備ができておらず、とっさに答えられない。おかしな間ができて、胸のうちに焦りがひろがっていく。

「な、な、なんのことですか……」

懸命に気づいていないフリをする。

ところが、思いきり声が震えてしまう。動揺をごまかすことができず、視線がキョロキョロとさまよった。

「ウソが下手なのね」

「お、俺は……ウ、ウソなんて……」

否定しようとするが、途中であきらめて黙りこんだ。

自分でも無理があると思う。声の震えを抑えることができず、動揺しているのがまるわかりだった。

「キミ、本当に見えていたのね」

葉子が興味津々といった感じで見つめてくる。

正樹は肯定も否定もしない。ただ、ふたりの裸を見ていたことを知られるのは、ばつが悪かった。

「服が透けるという話だったけど、わたしたちの裸を見たのね？」

「じ、じつは……見ちゃいました」

正直に打ち明けるしかない。正樹は申しわけない気持ちになって、顔をうつむかせた。

「気にしなくていいのよ。それで、ローターはどうしてわかったの。結衣ちゃんのなかに入っていたのに」

「目に力をこめると、深くまで見えるんです」

正樹の言葉を聞いて、葉子は眼鏡のブリッジを指先で押しあげた。

「すごいわ。めったにない症例よ」

いよいよカウンセリングを行うらしい。正樹の言っていたことが本当だとわかり、原因を究明する気が起きたようだ。

「服が透けて見えるようになった日、なにか変わったことはなかった？」

葉子が穏やかな声で質問する。

そう言われてみると、これまで落ち着いて考えたことはなかった。

最初は妄想だと思っていたが、じつは能力が発動していたのだろう。はじめて透けて見えたのは優梨子の下着だった。突然、優梨子が下着姿になったので驚いた。あの直前、彼女が乗っていた自転車と衝突した。

「自転車とぶつかりました。曲がり角で、出会い頭に……」

「そのとき、頭を打った？」

「打ちました。自転車に乗っていた人と」

正樹が答えると、葉子は納得したようにうなずく。そして、両手で正樹の頭を触りはじめた。

「痛いところはある？」

「もう何日も経ってるんで、どこも痛くないですよ」

ぶつけた直後はしばらく痛かったが、もう完全に引いている。自分でも触ったが、たんこぶもなかった。

「頭を打ったことが関係しているのかもしれないわ」

「でも、ＭＲＩで脳に異常は見つからなかったんですよね？」

正樹が口を挟むと、葉子は困ったような顔をする。唐突に意外な表情を見せられて、正樹のほうが動揺した。

「医者のわたしが言うことではないけれど――」

葉子はそう前置きしてから語りはじめる。

「脳に関しては解明されていないことがたくさんあるの。頭を強く打ったことが関係しているとは思うけど、先天的なのか後天的なのかも、今の段階では判断できないわ」

「精密検査を受ければ、いろいろわかるんですね」

正樹が先走って尋ねると、葉子は首を小さく左右に振った。

「興味深い症例だけど、わたしにできることはないわね」

人知を超えた能力は専門外だという。ほかの病院でも、まず診てくれるところはないらしい。

「大学などの研究機関なら紹介できるけど、治すことより人体実験さながらの扱いを受けることになるでしょうね」

「そ、そんな、俺はどうすれば……」

絶望が胸にひろがっていく。

愕然としていると、それまで黙っていた結衣がすっと身を寄せた。そのまま肩に手をまわして、身体を密着させる。柔らかい乳房に、正樹の肘がプニュッとめりこんだ。

3

「わたしと葉子先生で慰めてあげますね」

結衣が耳もとでささやき、スラックスの股間に手のひらを重ねる。とたんにペニスがズクリッと疼き、全身の血液が流れこんでいく。

「か、看護師さん？」

「結衣って呼んでください」

そう言って耳の穴に熱い息を吹きこまれる。背すじがゾクゾクするような感覚が突き抜けて、たまらず体を震わせた。

「ゆ、結衣ちゃん、なにを……」

とにかく名前で呼ぶと、結衣は愛らしい顔に微笑を浮かべる。しかし、股間から手を離すことなく、布地の上から肉棒をそっとつかんだ。

「うッ……」

思わず呻き声が漏れてしまう。

ペニスはどんどんふくらみ、ついには完全に勃起してしまう。すると、反対側から葉子が身を寄せて、いきなり耳に舌を這わせてきた。

「ちょ、ちょっと、なにしてるんですか」

驚いて視線を向ければ、いつの間にか葉子は下着姿になっている。グラマスな女体に真紅のブラジャーとパンティだけを纏っており、知的な眼鏡をかけたままなのが、妙に色っぽい。

「キミっておもしろいわ。こうして知り合ったのも、なにかの縁だもの。楽しみましょう」

葉子の考えていることが、まったくわからない。

つい先ほどまで真剣に相談に乗っていたと思ったら、一転して下着姿で迫ってくる。正樹が困惑していると、葉子は首に抱きつき、舌を耳の穴にヌルリッと挿し入れた。

「くううッ」

くすぐったさがひろがり、すぐにゾクゾクするような快感へと変化する。力が抜けて突き放すことができず、されるがままになってしまう。

「気持ちよさそうですね」

結衣が楽しげに話しかけてくる。

視線を向けると、結衣まで服を脱いで下着姿になっていた。

スレンダーな身体を、真紅の極小ブラジャーとパンティが彩っている。胸の谷間は浅く、腰のくびれも少ないが、染みひとつない肌はなめらかで美しい。思わず見惚れていると、ペニスはますます硬くなった。

「小倉さんも脱いでください」

結衣は細い指でベルトを緩めて、スラックスを引きおろす。水色のボクサーブリーフには、勃起したペニスの形がくっきり浮かんでいた。

「や、やめてください」

なんとか声を絞り出すと、耳をしゃぶっていた葉子が「ふふっ」と笑う。

「そんなこと言っても体は正直ね。もうビンビンになってるじゃない」

「だ、だって、こんなことされたら……」

勃起していることを指摘されて、激烈な羞恥がこみあげる。

葉子とそんなやり取りをしている間に、結衣が目の前にしゃがみこんで、ボクサーブリーフまでおろして奪い取ってしまう。靴下まで脱がされて、正樹が下半身に着けている物はなにもなくなった。

勃起したペニスが剝き出しになっているのに、上半身はネクタイを締めてジャケットまで着ている。それがよけいに恥ずかしくて、顔が燃えるように熱くなっていく。

「耳までまっ赤にしちゃって……かわいいわ」

葉子は耳たぶを口に含んで甘嚙みする。歯を立てられるたびに快感がひろがり、剝き出しのペニスがピクッと跳ねた。

「小倉さんのここ、すごく元気ですね」

結衣は楽しそうに言うと、右手の指を黒光りする太幹に巻きつけて、左手で睾丸を包みこむ。竿をしごきながら、同時に皺袋をやさしく揉みはじめた。

「ううウッ、ダ、ダメです」

「どうしてダメなんですか。こんなに硬くなってるのに」

愛らしい声でつぶやき、結衣が首を傾げる。瞳がキラキラしてアイドルのような顔立ちだが、やっていることは淫ら極まりない。両手でペニスに快楽を送りこんでいた。

尿道口から我慢汁が溢れ出して、亀頭全体を濡らしていく。太幹に巻きついた指にも到達するが、結衣は構うことなくしごきつづける。

（ど、どうして、こんなことに……）

正樹はとまどいを隠せない。

こうしている間も、葉子は耳をしゃぶりながらジャケットを脱がしてネクタイをほどいてしまう。

ふたりがかりで責められて、抗う余裕などあるはずがない。

葉子と結衣の連係プレイは完璧だ。もしかしたら、以前にも男を誘いこんだことがあるのかもしれない。ワイシャツもあっさり奪われて、あっというように裸にされてしまった。

「ここからが本番よ」

葉子の声を合図に、結衣が顔をペニスに寄せる。舌を伸ばして亀頭の裏側を舐めあげると、躊躇することなく咥えこんだ。

「くおおッ」

たまらず呻き声が溢れ出す。熱い口腔粘膜に包まれて、鮮烈な快感が脳天まで突き抜けた。

「ああンっ、大きいです」

結衣の甘えるような声も欲望を煽り立てる。

柔らかい唇でカリ首を締めつけながら、唾液を乗せた舌で亀頭をねちっこく舐めまわす。まるで飴玉のようにしゃぶられて、蕩けるような愉悦が全身にひろがった。

「こっちも気持ちよくしてあげる」

葉子は胸板に顔を寄せると、いきなり乳首に吸いついた。

唇を密着させた状態で、唾液を塗りつけるように舐めはじめる。乳首はすぐに反応して硬くなり、感度がどんどんあがっていく。そこを丁寧に舐め転がされると、身悶えするほどの悦楽が押し寄せた。

「そ、そんなにされたら……ううウッ」

上半身と下半身を同時に愛撫されている。しかも、相手は美人女医と愛らしい看護師という夢のような状況だ。

ペニスを口に含んだ結衣が、首をゆったり振っている。両手を正樹の太腿に置き、口だけで行うノーハンドフェラだ。唾液と我慢汁が潤滑油になり、ヌルヌルと滑っている。

「あふっ……むふっ……はむンっ」

結衣が漏らす色っぽい声がリビングに響いている。

葉子に舐めしゃぶられている乳首も、溶けてしまいそうなほど気持ちいい。舌が這うたび、快感が波紋のように全身へとひろがった。

（ああっ、最高だ……）

正樹はたまらずソファの背もたれに体を預けて上を向く。

煌めくシャンデリアが目に入り、まるで天国にいるような気分だ。ずっとこの快楽に浸っていたい。そう思う一方で、早く挿入して全力で腰を振りたいという欲望も湧きあがる。

（やばい、気持ちよすぎて……）

もう快楽を追求することしか考えられない。見えてしまうことなど、どうでもよくなっている。とにかく射精することしか頭になかった。

「よ、葉子先生……お、俺、もう……」

震える声で訴える。すると、葉子は胸もとから顔をあげて、妖しげな笑みを浮かべた。

「我慢できなくなったのね。でも、もうちょっと待って」

葉子はそう言って立ちあがる。

すると、結衣もフェラチオを中断して葉子の隣に立った。ふたりはブラジャーをはずしてパンティも脱ぎ去り、正樹の目の前で素肌をさらした。

葉子は成熟したグラマラスな身体で、釣鐘形の乳房と濃い紅色の乳首が色っぽい。陰毛は楕円形に成形されており、どこもかしこもムチムチしている。思わずしゃぶりつきたくなるほど熟れた女体だ。

結衣はスレンダーで小ぶりな乳房が愛らしい。乳首は小さくて薄いピンク色だが、すでに硬く充血している。陰毛はきれいに処理されているため、縦に走る溝が見えていた。

(すごい……これはすごいぞ)

正樹は貪るように、ふたりの裸体を交互に見やった。

タイプがまったく異なるため、ついつい比べてしまう。むっちりした葉子に細身で華奢な結衣のふたりが、誘うように腰をくねらせている。夢のような光景が目の前で展開されていた。

（本当にこんなことが……）

現実のこととは思えない。つい先日まで童貞だったのに、ふたりの女性に迫られているのだ。

自分の身体の変調の原因を知りたくて、病院に行ったことで夢の世界に足を踏み入れた。

おそらく、これからふたりの女性とセックスすることになる。興奮が興奮を呼び、ペニスは痛いくらいに勃起している。先走り液がとまらなくなり、濃厚な牡のにおいがリビングにひろがった。

4

「夜景を見ながら、楽しみましょう」

葉子が正樹の右手を取り、結衣が左手を取る。ふたりに引き起こされて、そのままベランダに連れ出された。

地上四十階から眺める夜景は見事のひと言だ。街に煌めく明かりのひとつひとつは小さいが、それらが集まることで圧巻の景色を作り出していた。しかし、今は目の前に立っている女性たちのほうが気になった。

ふたりは手すりに寄りかかり、妖艶な笑みを浮かべて正樹を見つめていた。

近くに高い建物はないが、ベランダだと思うと落ち着かない。完全な屋外とは言えないが、夜空と吹き抜ける風が青姦をイメージさせる。

「まさか、ここで？」

期待と興奮が入りまじった声で尋ねると、ふたりは背中を向けて手すりをつかんだ。

右が葉子で左が結衣だ。ふたりとも腰を軽くそらして、尻を突き出すポーズを取っている。脂がたっぷり乗った豊満な双臀と、小ぶりでプリッとした尻が並んでいた。

「どっちからする？」

葉子が振り返って尋ねる。そして、挿入を誘うように、熟れた尻を左右にゆっくり振った。

「ちゃんとふたりとも楽しませてくれないとダメですよ」

結衣も尻をグッと突き出してアピールする。サイズこそ小さいが、張りつめた尻たぶは艶々していた。

(本当に、こんなことが……)

夢を見ているような気がしてくる。

こんな幸運があるだろうか。普通は経験できない状況になっているのは、見えるようになったからだ。葉子が興味を示してくれたことで、マンションに誘ってもらえたのだ。

そう考えると、見えてしまうのも悪くないかもしれない。うまくコントロールできれば、これからもいい思いができるのではないか。

(でも、今は……)

目の前の快楽を貪りたい。ふたりの身体を同時に味わえるチャンスだ。

立ちバックの経験などないが、そんなことは関係ない。とにかく、一刻も早く挿入したい。まずは葉子の背後に迫ると、尻たぶをつかんで臀裂を割り開く。濃い紅色の陰唇が露になり、部屋から漏れる明かりに照らし出された。

「ああンっ、早く……」

葉子が焦れたように腰をよじる。

興奮しているのは彼女も同じらしい。正樹は白衣を脱いだ美人女医の身体に興奮して、いきり勃ったペニスを女陰に押し当てた。体重を浴びせるように腰を送り出せば、亀頭が膣口に沈みこんだ。

「あうッ、す、すごいわ、大きいっ」

昂った葉子の声が、ベランダに響きわたる。膣口がキュウッと締まり、太幹を締めつけた。

「くううッ、気持ちいいっ」

思わず呻きながら、さらにペニスを挿入する。濡れた膣襞がいっせいにからみつき、太幹を奥へ奥へと引きこんでいく。

「ううッ、吸いこまれる」

膣のうねりに合わせて、一気に根元まで貫いた。

そして、休むことなく腰を振りはじめる。興奮がふくれあがっており、とてもではないがじっとしていられなかった。

「ああッ、い、いきなり、あああッ」

夜景をバックに、葉子の喘ぎ声が響いている。結合部分からは湿った音も聞こえていた。

「そんなに大きな声をあげて、大丈夫ですか？」

「だって、キミが激しくするから……」

葉子はそう言いつつ、自分も尻を前後に揺らしている。さらなるピストンを欲しているのは間違いない。

（そういうことなら……）

力強く腰を振る。ペニスを出し入れすれば、女壺がキュウッと収縮した。

「あああッ、は、激しいっ」

「ほかの部屋に聞こえちゃいますよ」

「大丈夫よ。みんなエアコンを使ってるから、窓を閉めきっているわ」

葉子の返事を聞いて安心する。そういうことなら、少しくらい声をあげても大丈夫だ。

葉子の背中に覆いかぶさり、両手で豊満な乳房を揉みあげる。指がめりこむ感触が心地よくて、夢中になってこねまわす。先端の乳首を摘まめば、連動して膣が思いきり締まった。

「あああッ、い、いいっ」

「くおおッ、し、締まるっ」

ふたりの声が重なると、それまで黙っていた結衣が振り返る。そして、濡れた瞳で正樹を見つめた。

「ねえ、わたしも……」

葉子の喘ぐ姿を目にして、我慢できなくなったらしい。挿入をねだり、懸命に尻を突き出した。

「結衣ちゃんにも挿れてあげて」

葉子が振り返って静かに告げる。

最後まで一気に駆け抜けたかったが、仕方なくピストンを中断する。ペニスを引き抜くと、なかにたまっていた愛蜜がトロリと溢れた。

結衣の背後に移動して、臀裂を割り開く。かわいい顔をしているが、陰唇は使いこまれているのか濃い紅色だ。すでに大量の華蜜で濡れそぼり、物欲しげに蠢いていた。

「じゃあ、挿れますよ」

亀頭の先端を押しつけると、欲望にまかせてひと息にすべて埋めこんだ。

「はああああッ」

白い背中が仰け反り、艶めかしい嬌声がほとばしる。小ぶりな尻がブルブル震えて、膣道全体が猛烈に収縮した。

「お、大きいです、ああっ、すごく大きい」

「ううッ、き、きつい……」

身体が細いせいか、膣道は葉子よりずっと狭い。しかし、しっかり濡れているので、挿入は思ったよりもスムーズだ。

両手で細い腰をつかみ、さっそくピストンを開始する。ところが、膣壁がぴったり吸着しているため、思ったように動けない。ただでさえ狭い膣が、ペニスをがっしり食いしめている。

（こ、これはすごい……）

正樹は慌てて全身の筋肉に力をこめた。

ゆっくり出し入れするだけで、強烈な快感の波が押し寄せる。気を抜くと暴発しそうで、懸命に射精欲を抑えこみながら、カリで膣壁を擦りあげた。

「あああッ、ゴリゴリして、はあああッ」

結衣の反応は激しい。ベランダの手すりを強くつかみ、背中を大きく仰け反らせる。

「すごく締まってます……くううッ」

少しずつ抽送速度をあげていく。

華蜜の量が増えているため、動きがどんどんスムーズになる。結衣もピストンに合わせて尻を前後に振り、積極的に快楽を求めていた。だから、遠慮することなく、ペニスを力強く抜き差しする。

(俺は、まだイクわけには……)

快感はふくらむ一方だが、溺れるわけにはいかない。

隣で葉子が恨めしそうに見ている。このあとすぐ、葉子ともセックスしなければならない。まだ射精するわけにはいかなかった。

(ようし……)

気合を入れ直して腰を振る。

ふたりの女性を相手にするなど、なかなか経験できるものではない。まずは結衣を絶頂に追いあげるつもりだ。華奢な身体に覆いかぶさり、両手を前にまわして愛らしい乳房を揉みあげる。

「ああッ、い、いいっ」

小さな乳首を指先で転がせば、結衣の喘ぎ声が大きくなった。

「結衣ちゃん、かわいいわ」

葉子が身を寄せて、結衣の唇を奪う。見ているだけでは我慢できなくなったらしい。結衣もキスに応じて舌をからませた。

「ああンっ、葉子先生……」

甘える声を漏らして、ディープキスに溺れていく。膣が締まり、ペニスを思いきり締めつけた。

正樹はここぞとばかりに思いきりピストンする。カリで膣壁を擦りあげて、亀頭を深い場所にたたきこむ。それを何度もくり返せば、ついに女体がガクガクと震えはじめた。

「あッ、あッ、も、もうっ、あああッ」

結衣は喘ぎ声を漏らすが、視線は葉子に向いている。ペニスで突かれながらも、ふたりの世界に入りこんでいた。

「いいのよ。イキなさい」

葉子の言葉がトリガーとなり、結衣の女壺がキュウッと締まった。

「あああッ、イ、イク、イキますっ、あああッ、あぁあああああッ!」

よがり泣きを響かせて、全身を思いきり痙攣させる。結衣は葉子と見つめ合ったまま、正樹のペニスで絶頂に達したのだ。葉子とねちっこいキスを交わしながら、膣では太幹を締めつけた。

「くうぅッ」

正樹はふくれあがる射精欲を懸命に抑えこんだ。

まだ達するわけにはいかない。慎重にペニスを引き抜くと、再び葉子の背後に移動した。

「来て……」

葉子が濡れた瞳で振り返る。そして、熟れた尻をグッと突き出した。

「挿れますよ……ふんんッ」

亀頭を陰唇にあてがうと、一気に根元まで挿入する。膣は刺激を求めていたらしい。男根で貫かれると同時に思いきり収縮した。

「ああぁッ、これよ、これを待ってたの」

葉子の唇から歓喜の声がほとばしる。顎を跳ねあげると、夜空を見あげて女体を震わせた。

（こ、これは……全然、違うぞ）

正樹は心のなかで思わず唸った。

結衣の膣は狭くて締めつけが強かったが、葉子の女壺は柔らかくペニスを包みこんでいる。濡れた媚肉がウネウネと蠢いて、亀頭や太幹を咀嚼するように刺激していた。

実際に挿入して比べると、快感の種類がまったく異なる。ふたりの女性と同時に楽しめる贅沢に、正樹の興奮はどんどん高まっていく。

「よ、葉子先生……くううッ」

自然とピストンが速くなる。ペニスをグイグイと出し入れすれば、カリで愛蜜がかき出されて湿った音がベランダに響きわたった。

「ああッ……ああッ……いいっ、いいわっ」

葉子も興奮しているらしい。早くも喘ぎ声を振りまき、くびれた腰をよじらせる。うねる膣道がペニスを真綿のように締めつけて、快楽の波が次から次へと押し寄せた。

「ううウッ、き、気持ちいいっ」

もう我慢汁がとまらない。この調子だと、すぐに限界が来てしまう。

なにしろ、すでに結衣を絶頂に追いあげているのだ。ペニスは早くザーメンを吐き出したくて、これ以上ないほど張りつめていた。

欲望にまかせて腰を振りまくる。ペニスを女壺に突き立てて、深い場所までたたきこむ。膣道のうねりが大きくなり、四方八方からギュウギュウと締めつけてくるのがたまらない。

「おおおッ……おおおッ」

絶頂を求めて、抽送速度がさらにあがっていく。カリで膣壁をえぐれば、膣口が思いきり収縮した。

「あああッ、す、すごいっ」

葉子の声が大きくなる。絶頂が迫っているのは間違いない。手すりを強くつかみ、背中がさらに反り返った。

「小倉さんのオチ×チンで、イキそうなんですか？」

隣でへたりこんでいた結衣が声をかける。

葉子がペニスで感じている姿を見て、妬《や》いているらしい。頬をふくらませて立ちあがると、先ほど自分がされたように唇を奪った。

「ンンっ、結衣ちゃん」

「ああンっ、葉子先生」

ふたりのディープキスを見ながら、ラストスパートの抽送に突入する。

快楽だけを求めて腰を振り、熟れた女壺をえぐりつづける。ペニスを出し入れするたび、愉悦がどんどんふくらんでいく。

「おおおッ、も、もう出ますっ」

正樹が訴えると、葉子は結衣とキスをしながら頷いた。

「出して……いっぱい出して」

その声を聞いたとたん、女壺に深く埋めこんだペニスが脈動する。こらえにこらえてきた欲望が爆発して、沸騰したザーメンが勢いよく噴きあがった。

「おおおおッ、き、気持ちいいっ、ぬおおおおおおおッ！」

雄叫びとともに快感が全身を貫いた。くびれた腰を引き寄せて、ペニスをより深い場所までめりこませる。ザーメンが子宮口にかかることで、女体が激しく痙攣した。

「はあああッ、あ、熱いっ、ああああッ、イクッ、イクうううううッ！」

葉子がアクメの声を響かせる。尻を突き出した格好で、全身を震わせながら昇りつめていく。

「ああンっ、わたしの葉子先生……」

結衣は裸体を寄せると、葉子の身体を抱きしめる。耳を愛おしげに舐めまわせば、葉子の身悶えが大きくなった。

（すごい……最高だ）

正樹はしつこく腰を振り、最後の一滴まで女壺のなかに注ぎこんだ。

タワーマンションのベランダで、ふたりの女性とセックスをする。これまでの人生では考えられなかった淫らな行為が現実のものになった。

こんな経験ができるのは、見えるようになったおかげだ。

とりあえず脳に異常が見つからなかったことだし、このままでもいいのではないか。なんとなく、そう思いはじめていた。

第五章　見えていたのは——

1

ここのところ穏やかな日々がつづいていた。

この能力を煩《わずら》わしいと思ったこともある。しかし、うまくコントロールできれば、つき合っていけるとわかった。

（力を使うかどうかは、俺しだいなんだ）

当初は視ることに罪悪感を覚えていた。だが、よくよく考えてみれば、視なければいいだけの話だ。

たとえば、満員電車で意図せず女性と密着したとする。そのとき、ムラムラしてしまうのは仕方がない。触ってみたいと思うこともあるだろう。しかし、触るのは簡単だが、普通の人は理性で欲望を抑えこむはずだ。

透視能力にも同じことが言える。きれいな女性に出会って、裸を見てみたいと思う。透視するのは簡単だ。しかし、自分の意志で透視をしなければ、なにも問題はない。

この能力に目覚めた直後は、使い方がわかっていなかったので、突如、発動してしまうことがあってとまどった。でも、今は能力を理解して、コントロールする術を覚えていた。

(これまでどおり、普通にしていればいい)

いざというとき以外はこの力を使わないと心に決めている。

すると、不思議なことに、仕事でも日常生活でも物事がスムーズに運ぶようになっていた。透視という特殊な力を得たことで、心に余裕が生まれたのかもしれない。

これまでは、うまくやろうとして焦りすぎていた気もする。自分に自信を持って取り組むことで、営業成績は少しずつではあるがアップしていた。

——最近、がんばってるじゃないか。

今日、めったに褒めない課長に声をかけられた。努力が認められた気がしてうれしくなった。気合が入って残業しているうちに遅くなってしまった。

(間に合わなかったか……)

腕時計に視線を落とすと、もうすぐ午後七時になるところだ。

優梨子の顔を見たくて急いでいたが、今夜はあきらめるしかない。角を曲がれば喫茶店だが、閉店間際に駆けこんでも迷惑だろう。思わず肩を落として、街路灯に照らされた歩道をとぼとぼ歩いた。

正樹は「くつろぎ館」の常連客になっていた。

会社帰りに立ち寄り、優梨子と話すのがなによりの楽しみになっている。さすがに毎日は無理だが、今夜は寄るつもりだったので残念だ。

(仕方ない。明日にしよう)

そんなことを考えながら角を曲がる。

喫茶店が見えたが、やはり表の明かりは落ちていた。おそらく、今は片づけをしているところだろう。

そのとき、ドアが開いて優梨子が姿を見せた。

エプロンはしておらず、肩からバッグをさげている。どうやら帰るところらしい。閉店時間になったばかりだが、客がいないと早めに片づけをはじめることがあるらしい。今夜はそのパターンだったのかもしれない。

（それなら……）

声をかけていっしょに帰ろう。そう思って駆け寄ろうとしたとき、電柱の陰から黒ずくめの男が現れた。

喫茶店の近くにある電柱だ。いつからそこにいたのだろうか。優梨子が店から出てくるのを待っていたようなタイミングで姿を見せた。そして、優梨子と同じ方向に歩き出す。

黒いスウェットパンツに黒いパーカーを着て、フードまでかぶっている。日が落ちているとはいえ、八月にこの格好は不自然だ。

（なんか怪しいな……）

正樹はとっさに男のあとをつけていた。

優梨子はなにも気づかない様子で自宅に向かっている。そのうしろを少し距離をとって黒ずくめの男が歩き、さらに正樹が尾行していた。等間隔で三人が歩く姿は、端から見たら奇妙かもしれない。しかし、正樹は角を曲がるたびに確信を深めていた。

(もしかして、アイツ……)

いやな予感がこみあげる。

じつは最近、優梨子から気になる話を聞いていた。

昼間、コーヒー一杯で何時間も居座る男がいるという。とはいっても、居心地のいい店なので、ほとんどの客が長居する。しかし、その男はひとりで来店してテーブル席に座り、優梨子のことをチラチラ見ているという。

——考えすぎかもしれないけど、ちょっと気になって。

優梨子が不安そうにしていたので印象に残っていた。

大学生くらいの男らしい。二、三日置きに来て、五、六時間はいるという。話を聞いて、そのうちにストーカーになるのではと心配だった。

(アイツだとしたら……)

予想が当たっていたら非常に危険だ。

あの黒ずくめの男は、例の客なのではないか。優梨子のあとをつけて、なにをするつもりなのだろうか。

優梨子との距離を一定に保って歩いている。単なる偶然かもしれないが、いかにも怪しい。しかし、なにもしていないので声をかけることもできない。もどかしい思いで尾行をつづける。

そのとき、男が黒いリュックを背負っていることに気づいた。黒ずくめでわからなかったが、街路灯の下を通ったときにチラリと見えた。

（よし……）

迷うことなく目に力をこめる。

すぐにリュックの輪郭がぼやけて色が薄くなり、やがてなかに入っているものが透けて見えた。財布とウーロン茶のペットボトル、それにキラリと光る金属がある。

（なんだ、あれは……あっ！）

危うく大きな声をあげそうになった。

金属は包丁だ。黒ずくめの男は、リュックのなかに包丁を隠し持っていた。いや、自宅で使っていた包丁が切れなくなって、たまたま今日、買ったものが入っているだけかもしれない。

（くっ、怪しいのに……）

疑念はふくらむ一方だ。しかし、ただ包丁を持っているというだけでは、どうすることもできない。

とにかく、優梨子が家に入るのを見届けるつもりだ。いきなり襲われる可能性を考えると落ち着かなかった。

(あと少しだ……)

角を曲がれば、すぐそこが優梨子の家だ。

男は優梨子がどこに住んでいるのか知りたいだけかもしれない。距離を保ったままで、襲うようなそぶりはいっさいなかった。

先頭を歩く優梨子が角を曲がる。やがて男も角を曲がり、こちらから姿が見えなくなった。正樹は小走りに角へと向かう。そのとき、ドアが勢いよくバタンッと閉まる音が聞こえた。

(なんだ?)

そこはかとない不安に襲われる。

優梨子が家に入ったのだろう。しかし、それにしては乱暴な音だった。ブロック塀の陰から優梨子の家をうかがう。ちょうど明かりがついたので、優梨子が帰宅したのは間違いない。

だが、黒ずくめの男の姿が、どこにも見当たらなかった。

2

(どこだ……アイツはどこに行った?)

正樹は慌てて角から飛び出すと、周囲に視線をめぐらせる。

しかし、優梨子も黒ずくめの男も、ほかの歩行者の姿も見当たらない。街路灯に照らされた道が延びているだけだった。

(優梨子さんは無事なのか?)

玄関ドアを開けたとき、あの男が背後から押し入った可能性もある。ドアが閉まる大きな音が耳に残っていた。

無事を確認するまで安心できない。

インターホンを鳴らそうかと思うが、万が一、男がいっしょにいたら刺激するのは危険だ。なにしろ、やつは包丁を持っている。逆上させてしまったら、なにをするかわからない。

だからといって、家に入りこんでいる確信もないのに、警察を呼ぶわけにもいかなかった。

（クソッ、どうすれば……）

苛立ちが募り、奥歯が砕けそうなほど強く嚙んだ。

正樹に透視できるのは布と皮革製品だけだ。しかも、厚手になるほどむずかしくなる。それでも優梨子の無事を確認したくて、家の壁を見つめると目にグッと力をこめた。

（優梨子さん、無事でいてくれ……）

懸命に祈りながら見つめつづける。額に汗が滲み、こめかみをツーッと流れ落ちた。

すると、家の輪郭がぼやけて、壁が徐々に透けていく。優梨子を想う気持ちが能力をアップさせたのかもしれない。さらに力をこめれば、ぶ厚い壁が透けて家のなかが見えた。

（よ、よし……）

優梨子はどこにいるのだろうか。

今、見えているのはリビングだが、優梨子の姿は見当たらない。キッチンのほうも確認するが誰もいなかった。

（ほかの部屋だ……）

のんびりしている暇はない。短時間で能力が急激にアップして、家のなかの壁をどんどん透視していく。すると、一階の奥にある和室で、ふたつの影が蠢いていた。

「ゆ、優梨子さんっ！」

思わず声に出して叫んでしまう。

優梨子が押し倒されて、黒ずくめの男が馬乗りになっている。近くには包丁が転がっていた。包丁で脅して襲いかかったに違いない。男がブラウスに手をかけて、前を強引に開くのが見えた。ボタンが弾け飛び、ブラジャーに包まれた乳房が露になった。

（クソッ！）

警察を呼んでいる時間はない。そんなことをしていたら、取り返しのつかないことになってしまう。

正樹は庭にまわりこみ、石を拾いあげて和室のガラス戸をたたき割った。勢いのまま室内に入り、優梨子に馬乗りになっている男を殴り飛ばす。その一発がたまたま顎に入ったのか、男は白目をむいて昏倒した。

「や、やった……」

急に力が抜けて、その場にヘナヘナとへたりこんだ。

これまで殴り合いの喧嘩などしたことがない。それでも優梨子を助けたい一心で必死だった。

「ま、正樹くん……」

優梨子がブラウスの胸もとをかき寄せながら身体を起こした。

顔は涙でグショグショになっている。家に押し入られて襲われたのだから、よほど怖かったに違いない。今すぐ抱きしめたいが、腰が抜けてしまったのか尻餅をついたまま動けなかった。

「お、遅くなって、すみません」

なんとか言葉を絞り出す。すると、優梨子が涙を流しながら、畳の上を這ってきた。

「助けに来てくれたんですね。ありがとうございます」

抱きしめられて頰と頰が触れ合う。その瞬間、優梨子の温かい気持ちが胸に流れこんでくる気がした。

「お、お怪我はありませんか？」

「わたしは大丈夫です。正樹くんは？」

「こ、腰が、抜けちゃったみたいで……」

頬を寄せたまま言葉を交わす。すると、優梨子が背中に手をまわして、やさしく擦ってくれた。

「大丈夫ですか？」

「す、すみません……なんか、カッコ悪いな……」

自嘲的につぶやき視線を落とす。

これでは、どちらが助けてもらったのかわからない。情けなくて恥ずかしくて逃げ出したくなる。

「でも、優梨子さんが無事でよかった……」

とにかく、それだけだ。必死の気持ちが奇跡を起こしたのかもしれない。家のなかまで見ることができて、はじめて人を殴ったのに一発で気絶させた。奇跡としか言いようがなかった。

「カッコよかったです」

優梨子がポツリとつぶやいた。

「正樹くんを好きになってよかった」

さらに信じられない言葉が発せられる。まさか、そんなことを言ってもらえるとは思わなかった。

勢いで告白しようとしたとき、割れたガラス戸の向こうで足音が聞こえた。

「お、俺も――」

「警察を呼ぼうか?」

隣の家の奥さんが、ガラスが割れる音を聞いて様子を見に来たらしい。すぐに優梨子が答えて、警察に連絡をしてもらった。

ほどなくしてパトカーがやってきた。

男はその場で警察に捕まった。近所に住んでいる大学生で、優梨子に片想いしていたらしい。告白する勇気はないのに、自宅まで尾行して押し入るのだからまったく理解不能だ。

正樹と優梨子はリビングで事情を聞かれた。

家の壁を透視して優梨子が襲われているのを見たとは言えないので、男が玄関から押し入るところを目撃したと答えた。そして、助けるためにガラス戸を割って入ったと説明した。

「なんの騒ぎだ」

いきなり、不機嫌そうな声が響きわたった。

気づいたときには、スーツ姿の中年男性が険しい表情で立っていた。精悍な顔をしているが、どこか冷たい感じがするのはなぜだろう。正樹は初対面だが、いやな印象を受けた。

「真一《しんいち》さん……」

優梨子はぽつりとつぶやくだけで黙りこんでしまう。

どうやら、真一と呼ばれたこの男性は優梨子の夫らしい。帰宅したらこの騒ぎなので、驚くのは当然だ。しかし、妻を気遣う様子は皆無だった。

「旦那さんですか。じつは奥さまがストーカーに襲われたんです。でも、無事なのでご心配なさらずに」

警察官が間に入って説明する。しかし、真一の態度は変わらない。それどころか、ますます表情が険しくなった。

「喫茶店なんかでアルバイトをするからだ。自分で蒔いた種じゃないか」

妻が襲われたというのに、信じられない言葉を浴びせかける。優梨子はうつむいたまま、ひと言も反論しなかった。

「なんてこと言うんだ！」

正樹は思わず食ってかかる。あまりにもひどい態度に黙っていられなかった。

「なんだおまえは」

「この方は、喫茶店の常連さんで、奥さまを助けてくださったんです」

警察官が宥めるように説明する。しかし、とたんに真一は小馬鹿にしたような顔になった。

「そうか、おまえもこの女が目当てか」

自分の妻を「この女」呼ばわりするとは驚きだ。怒りが沸々とこみあげて、思わず拳を握りしめた。

パンッ——。

乾いた音が響きわたった。

突然、優梨子が真一の頬を平手打ちしたのだ。正樹も警察官も、そして頬を張られた真一も啞然としていた。

「正樹くんを侮辱しないでください」

毅然とした声だった。淑やかでやさしい優梨子が、怒りを露にして夫をにらみつけていた。

「お、おまえ……」

真一の声が怒りに震え出す。顔が見るみる赤く染まり、今にも殴りかかりそうな雰囲気で優梨子に迫った。

「旦那さん、いけません」

すかさず警察官が止めに入る。しかし、怒っているのは真一だけではない。

「あなたが浮気をしている証拠はつかんでいるんですよ」

優梨子の声が響きわたる。

「相手の名前も連絡先も、いつどこで会ったかも、すべてわかっていますから、そのつもりでいてください」

「し、知っていたのか……」

真一は明らかに動揺していた。

浮気を指摘されたのは、はじめてなのかもしれない。バレていないと思って調子に乗っていたのではないか。優梨子の冷めた目を見る限り、修復はできそうになかった。

急に勢いをなくした真一は、肩を落としてリビングから出ていく。書斎にでも向かったのだろうか。

「お見苦しいところをお見せしてすみません……」

優梨子が深々と頭をさげる。

夫婦のことに口出しするつもりはない。しかし、真一といっしょにいても、優梨子が幸せになれるとは思えなかった。

3

二週間後――。

正樹は優梨子の家に招かれた。

ストーカーから助けてもらったお礼がしたいという。手料理を振る舞うと言われたが、真一のことが気になった。思いきって尋ねると、すでに離婚が成立したというから驚いた。

じつは、ずいぶん前から夫の浮気に気づいていたという。

それでも、いつか自分のもとに戻ってきてくれると信じていた。ところが、真一は浮気相手にのめりこむばかりで、残業と称した朝帰りが多くなり、ついには優梨子に見向きもしなくなったらしい。

家庭内別居に近い状態になり、いっしょにいる意味はなくなった。

離婚に向けてコツコツと準備を重ねてきた。そして、先日のストーカー事件がきっかけとなり、離婚に向けて一気に話が進んだという。最終的に真一が出ていく形で、家にはそのまま優梨子が住むことになった。

いろいろ大変だったと思うが、優梨子はすっきりした顔をしていた。

先ほど手料理をご馳走になり、今はリビングのソファに並んで腰かけて、ワインを飲みながらまったりしているところだ。

「この間は、本当にありがとうございます」

何度目のお礼だろうか。優梨子はくり返し感謝の言葉を口にした。

「正樹くんが来てくれなかったら、どうなっていたか。それにしても、よくわたしが襲われているとわかりましたね」

「そ、それは……男が押し入るところを見たから、とにかく必死で……」

本当は家の壁を透視したのだが、それは秘密にしている。こんな能力があることは誰にも言えなかった。

「あまりにもタイミングがよかったから、どこかでこっそり見ていたのかと思いました」

「いえいえ、腰を抜かしちゃいましたから……」

自虐的な言葉で見えていたことをごまかそうとする。

間一髪だったが、助けることができて本当によかった。ただ正樹としては、最後にカッコよく決められなかったのが心残りだ。

——正樹くんを好きになってよかった。

優梨子はそう言ってくれたが、あれは本心だろうか。

ばたばたしていたので、確認できないまま二週間も経ってしまった。今さら聞くのも違う気がして、胸の奥がもやもやしていた。

(それにしても、今日もきれいだな……)

今夜の優梨子は夏らしい白いノースリーブのワンピースを着ている。

タイトなデザインで女体の曲線がくっきり浮き出ているのが艶めかしい。優梨子にしては大胆な服装だ。乳房のまるみが気になり、ついつい視線が吸い寄せられる。

(おっと、危ない……ダメだダメだ)

危うく能力が発動しそうになり、心のなかで自分を戒めた。

邪《よこしま》な気持ちで力を使わないと決めている。しかし、ワインを飲んだことで、少し気持ちが緩んでいた。

(ちょっとだけなら……)

つい胸もとを見つめてしまう。

すると、すぐにワンピースが透けて、純白のブラジャーがはっきり見えた。さらにはブラジャーも溶けるように消えてなくなってしまう。家の壁を透視してから能力がアップしている。布地なら目にほんの少し力を入れるだけで、簡単に透けるようになっていた。

（おおっ、これが優梨子さんの……）

思わず両目をカッと見開いて凝視する。

双つの乳房は白くて、いかにも柔らかそうだ。先端で揺れる乳首は桜色で、頬ずりしたくなるほど愛らしい。これまで正樹が見たことのある、どの女性よりも美しかった。

こうなってしまうと、視線は自然と下半身に向いてしまう。とたんにワンピースが透けて純白のパンティが露になり、さらには陰毛がうっすらとそよぐ恥丘まてまる見えになった。

（ああっ、優梨子さん……）

内腿をぴったり閉じているのも清楚な感じがして、牡の劣情を刺激する。

視線をそらせなくなり、欲望が急激にふくれあがる。全身の血液が股間に流れこみ、瞬く間にペニスが勃起してしまう。慌てて鎮めようとするが、もうどうにもならない。チノパンの前がどんどん張りつめていく。

(や、やばいっ)

とっさに隣に置いてあったクッションで股間を隠した。ちょうど優梨子はこちらを見ていなかったので、勃起はバレていないはずだ。

(危なかった……)

ほっと胸を撫でおろす。

ところが、こちらを見た優梨子の顔が、見るみる赤く染まりはじめた。ワインの酔いのせいではない。正樹が股間に乗せたクッションを見つめて、恥ずかしげに耳までまっ赤に染めていた。

「ど、どうかしましたか?」

平静を装って話しかける。

絶対に気づかれていないと思う。堂々としていれば、なにも問題はないはずだと自分に言い聞かせた。

「だって、正樹くん……」

優梨子の視線はまだクッションに向いている。

一点をじっと見つめたまま動かない。まるで勃起したペニスが見えているような反応だ。

「えっ、まさか……」

思わず声に出してしまう。すると、優梨子がこっくり頷いた。

「そのまさかです」

微笑を浮かべて正樹の顔を見つめている。頬は赤く染まっており、瞳はしっとり潤んでいた。

「み、見えてるんですか？」

念を押すように確認する。勘違いで自分の能力をバラすわけにはいかない。言葉を選ぶので、どうしても遠まわしになってしまう。

「はい。わたし、見えるんです。正樹くんも、ですよね？」

優梨子はきっぱり言いきった。

驚きのあまり、すぐに言葉を返せない。正樹はただ金魚のように口をパクパクさせていた。

「今だから言えることですけど……夫の浮気を疑ってから、勝手に書斎を探っていたんです。当時は離婚が目的ではなく、夫に戻ってきてほしいという一心でした。でも、決定的な証拠は金庫のなかにあるようでした」

優梨子がぽつりぽつりと語りはじめる。

金庫の鍵は夫が持ち歩いており、なかを確認する術はなかった。とにかく、浮気をやめてほしくて、夫婦円満の御利益で知られる神社などに出向いては、お祈りをする日々を送っていた。

そんなある日、正樹と曲がり角でぶつかった。

頭を強くぶつけて、急に透視能力に目覚めたという。もしかしたら、いろいろな神社でお祈りをするうちに、特殊な力を授かっていたのかもしれない。夫の浮気をやめさせたい。そのために金庫のなかを確認したい。そういった強い思いが叶えられたのではないか。

「全部、わたしの想像ですけど……」

優梨子はそう言って、淋しげな微笑を浮かべた。

そして、あの朝、正樹と頭をぶつけたことで、どこかの神社で授かった力が発動したのではないか。どういう仕組みかは謎だが頭をぶつけたとき、正樹にも力が移ったのかもしれない。

（そういえば……）

ふと、あの朝の光景が脳裏によみがえる。

優梨子は驚いたような顔で、立ち去る正樹を見つめていた。あのとき、正樹のスーツが透けていたのではないか。正樹が優梨子の下着を見たように、優梨子も正樹のボクサーブリーフを見ていたのかもしれない。

「それで、金庫のなかが透視できて、しまってあった手帳の中身が確認できたんです」

その手帳に浮気相手の情報が書いてあったという。

真一はなんでもメモを取る几帳面な性格だったため、情報収集は簡単だったようだ。

「金庫って金属ですよね。最初から透視できたんですか？」

「ええ、なんでもできますよ」

優梨子はあっさり答える。

どうやら、正樹の透視能力よりも格段に強いらしい。ということは、出会った日には、下着姿だけではなく、すでにペニスを見られていた可能性もある。それを考えると急に恥ずかしくなってきた。

「それで……どうして、大きくなっているんですか？」

優梨子がおずおずと尋ねる。

正樹は思わずクッションの上に両手を重ねるが、そんなことをしても優梨子の透視を防げないのはわかっていた。

「わたしのこと、見たんですね」

「す、すみませんっ」

頭をさげて謝罪する。

クッションの上に覆いかぶさる格好になるが、それでも彼女には勃起したペニスが見えているのだろう。これでは反省している気持ちが伝わらない。どうしようか悩んでいると、クスクス笑う声が聞こえた。

「優梨子さん？」

恐るおそる顔をあげると、視線が重なった。

「わたしたち、きっと隠しごとはできませんね」

楽しげに笑っている。これまで見たことのある優梨子の笑顔のなかで、もっとも幸せそうに映った。

「そうですね。俺と優梨子さんの相性、ぴったりだと思います」

正樹もつられて笑顔になる。

告白するなら今しかない。恋愛経験が乏しい正樹だが、このタイミングはしっかり見えた。

「優梨子さん、好きです。俺とつき合ってください」

ストレートな言葉で想いを伝える。

優梨子はほんの一瞬、目を見開くと、すぐに柔らかな笑みを浮かべた。

「こんなわたしでよければ……どうか、よろしくお願いします」

胸に熱いものがこみあげる。

どちらからともなく顔を寄せて、唇をそっと重ねた。柔らかい感触と温もりが伝わり、愛しさが胸にひろがっていく。そのまま舌をからめて、自然とディープキスに発展する。

抱き合って唾液を交換すれば、身も心もひとつに溶け合う気がした。

「優梨子さん……」

思わずワンピースの上から乳房にそっと触れる。すると、その手をやさしくつかまれた。

「つづきは、寝室で……」

優梨子の言葉が甘く響く。

まさか、こんな展開になるとは思いもしない。透視能力はあっても、未来が見えるわけではない。手料理をご馳走になっただけでも満足していたのに、最後の最後に最高の幸せが待っていた。

4

「ベッドは新調したんです」

二階の寝室に入ると、優梨子が伏し目がちにつぶやいた。

バツイチであることに、うしろめたさを感じているのかもしれない。そんなことを忘れるくらい、幸せにしてあげたいという思いがこみあげる。

「優梨子さん……」

新しいダブルベッドの前で、立ったまま抱き合った。

再び唇を重ねて、すぐに舌をからませる。優梨子も積極的で、何度も唾液を交換しては味わいながら嚥下した。

互いの服を脱がせ合う。優梨子は純白のブラジャーとパンティ、正樹はグレーのボクサーブリーフ一枚になっていた。

さらにブラジャーを取れば、惚れ惚れするようなお椀型の乳房が露になる。なめらかな曲線の頂点には、桜色の乳首が揺れていた。

先ほど透視したばかりだが、やはりナマで見るほうがドキドキする。

これまで見たなかで、間違いなくいちばん美しい。サイズだけなら葉子がもっとも大きいが、高貴な芸術品を思わせる造形は優梨子に敵う者はいない。乳首の色も正樹の好みにぴったりだ。

とにかく、優梨子以上の女性はいなかったし、これからも現れることはないだろう。それくらい正樹にとっては最高の女性だった。

パンティも引きさげてつま先から抜き取れば、うっすらとした陰毛がそよぐ恥丘が露出した。陰毛は申しわけ程度にしか生えていないため、白い地肌と縦に走る溝が、透視能力を使うまでもなく見えている。

「恥ずかしい……」

やはり優梨子もナマで見られるほうが刺激が強いらしい。内腿をぴったり寄せて、くびれた腰をクネクネとくねらせた。

そんな姿を目にしたことで、正樹の欲望まで一気にふくれあがる。すでに勃起しているペニスはますます反り返り、先端から大量の我慢汁が噴き出した。優梨子の手でボクサーブリーフがおろされると、いきり勃った肉棒がブルルンッと鎌首を振って飛び出した。

「あンっ、すごいです」

優梨子が息を呑んで見つめている。その視線すらも刺激になり、新たな我慢汁が溢れ出した。

女体をベッドに押し倒すと、逆向きになって互いの股間に顔を寄せる。ふたりとも横を向いたシックスナインの体勢だ。

正樹の目の前には、サーモンピンクの陰唇が迫っている。夢にまで見た優梨子の股間が、まる見えになっているのだ。いっさい形崩れのない美術品のような女陰を目の当たりにして、テンションはマックスに達していた。

「優梨子さんっ……うむむッ」

欲望にまかせてむしゃぶりつく。唇を押し当てたとたん、クチュッという湿った音が響きわたる。割れ目から大量の華蜜が溢れ出て、正樹の口のなかに流れこんだ。

「ああンっ、正樹くん……はむンンっ」

優梨子は甘い声を漏らすと、いきなりペニスを頬張った。

柔らかい唇を硬い肉棒に密着させて、首をゆったり振りはじめる。口のなかでは、舌で亀頭を舐めまわす。我慢汁が大量に溢れているが、まったく気にすることなくしゃぶってくれる。

（す、すごい……夢みたいだ）

まさか優梨子とこんなことができるとは信じられない。夢なら覚めないでくれと願いながら、柔らかい女陰を舐めつづけた。

互いの性器を口で愛撫することで、ひとつになりたい気持ちがどんどん高まっていく。正樹は今にも達しそうになっているが、それでもこの時間を少しでも長く楽しみたくて、濡れた割れ目に延々と舌を這わせていた。

「わ、わたし、もう……」

先に音《ね》をあげたのは優梨子だ。ペニスから唇を離すと、焦れたように腰をよじらせた。

「正樹くん、お願い……」

優梨子に懇願されたら断れない。正樹は体を起こすと、仰向けになった優梨子に覆いかぶさった。

「俺も、ひとつになりたいです」

見つめ合ってささやくと、亀頭を濡れた陰唇に押し当てる。はやる気持ちを抑えて慎重に挿入すれば、膣口がキュウッと収縮してカリ首を締められた。

「あああッ、正樹くんっ」

「くうッ、す、すごいっ」

優梨子の喘ぎ声と正樹の呻き声が重なった。

亀頭を挿入しただけで、これまで経験したことのない快感が突き抜ける。さらに太幹をズブズブと根元まで埋めこんだ。

「あッ、ああッ、お、奥っ……そんなに奥まで」

「おおおおッ、き、気持ちいいっ」

女壺が蠕動して、膣襞がいっせいに蠢きはじめる。

無数の舌でしゃぶられているような快感だ。危うく射精しそうになり、我慢汁がどっと溢れた。

(優梨子さんとひとつになったんだ……やった、やったぞ)

快感とともに悦びが爆発する。愛する人とひとつになるのが、これほどの感動を呼ぶとは知らなかった。

「うれしい……正樹くん、ギュッてして」

優梨子が甘えるようにつぶやく。

眉を八の字に歪めて、瞳はしっとり潤んでいる。そんなせつなげな表情で懇願されたら、なんでも叶えてあげたくなる。正樹は上半身を伏せると、女体をしっかり抱きしめた。

「ああっ……」

優梨子も両手を正樹の背中にまわしてくれる。

乳房が胸板で押しつぶされて密着するのが気持ちいい。ふたりは正常位でしっかり抱き合うと、自然と唇を重ねてキスをした。

キスをしたまま腰を振りはじめる。上下の口でつながった状態で、快感のボルテージがどんどんあがっていく。舌をからめて吸い合えば、頭のなかがまっ白になるほどの愉悦がひろがった。

「ああッ……ああッ……」

ペニスを抜き差しするたび、優梨子が甘い声をあげて腰を震わせる。

「くううッ……」

正樹も快楽の呻き声を漏らして、腰の動きを加速させた。

抱き合ってピストンすれば、瞬く間に絶頂の波が押し寄せる。もう無理に長引かせるつもりはない。これから何度でも交わることができる。今は素直になって快楽に溺れたい。

「ゆ、優梨子さん……おおおッ」

欲望にまかせて腰を振り、ペニスを思いきり出し入れする。女壺の感触に酔いしれて、押し寄せる快楽に身を投じた。

「あああッ、い、いいいっ、正樹くんっ」

優梨子の喘ぎ声が大きくなる。絶頂が迫っているのは間違いない。抽送に合わせて股間をしゃくり、貪欲に快楽を求めていた。

「おおおッ、おおおおッ」

全力でピストンして、女壺を奥の奥までえぐりまわす。カリで膣壁を擦り、亀頭で子宮口を何度もノックした。

「あああッ、も、もうっ、ああああッ」

「お、俺も、ううウッ、ゆ、優梨子さんっ、ぬおおおおおおおッ！」

先に絶頂に達したのは正樹だ。ペニスを根元までたたきこみ、女壺の熱い感触に包まれながら、思いきり精液を噴きあげる。太幹がドクドクと脈動して、凄まじい快感が突き抜けた。

「あああッ、い、いいっ、イクッ、イクイクッ、はあああああああッ！」

すぐに優梨子もよがり泣きを響かせる。熱いザーメンを受けとめると、正樹の背中に爪を立てて、女体を思いきり仰け反らせた。膣が激しくうねり、ペニスをこれでもかと絞りあげた。

この世の者とは思えない快楽だった。

ほぼ同時に達すると、ふたりは再び唇を重ねる。舌をからめて吸い合えば、身も心も蕩けるような多幸感がひろがった。

快楽を共有することで、愛情がより深まっていく。

透視能力がどうなるのかわからない。だが、もう不安は微塵もない。最高の理解者といっしょなら、恐れることはなにもなかった。

＊本作品は書下しです。文中に登場する団体、個人、行為などはすべてフィクションであり、実在のものとは一切関係ありません。

◉新人作品**大募集**◉

マドンナメイト編集部では、意欲あふれる新人作品を常時募集しております。採用された作品は、本人通知のうえ当文庫より出版されることになります。

【応募要項】未発表作品に限る。四〇〇字詰原稿用紙換算で三〇〇枚以上四〇〇枚以内。必ず梗概をお書き添えのうえ、名前・住所・電話番号を明記してお送り下さい。なお、採否にかかわらず原稿は返却いたしません。また、電話でのお問い合せはご遠慮下さい。

【送付先】〒一〇一-八四〇五 東京都千代田区神田三崎町二-一八-一一 マドンナ社編集部 新人作品募集係

奥《おく》さん、丸《まる》見《み》えですが…

二〇二二年 九月 十日 初版発行

著者◉葉月奏太【はづき・そうた】

発行◉マドンナ社
発売◉二見書房
東京都千代田区神田三崎町二-一八-一一
電話 〇三-三五一五-二三一一(代表)
郵便振替 〇〇一七〇-四-二六三九

印刷◉株式会社堀内印刷所 製本◉株式会社村上製本所 落丁・乱丁本はお取替えいたします。定価は、カバーに表示してあります。
ISBN978-4-576-22124-3 ◉Printed in Japan ◉©S.Hazuki 2022

マドンナメイトが楽しめる! マドンナ社 **電子出版**(インターネット)……https://madonna.futami.co.jp/

Madonna Mate

二見文庫の既刊本

隣室は逢い引き部屋

HAZUKI,Sota
葉月奏太

居酒屋でのバイト中、同僚の人妻を助けようとして客に絡まれた大学生の純也。休養を命じられアパートにいると、隣室から男女の声が。よく見ると壁には穴があいており、覗くと、男は先日絡んできた客、女は大学のミス・キャンパスだった。隣室は密会に使われていたのだ。何度か二人の行為を覗いた彼の前に、件の人妻が訪ねてきて……今最も新鮮な書下し官能！

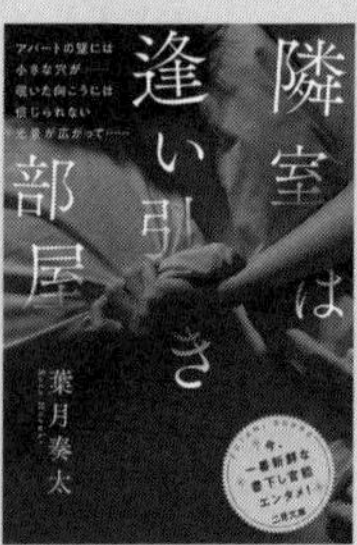

二見文庫の既刊本

誘惑は土曜日の朝に

HAZUKI,Sota
葉月奏太

ある土曜の朝、アパートのチャイムが鳴り、外に幼なじみの美波が立っていた。連絡もとっていなかった彼女の来訪に驚く大樹。そして出かけようとする彼に美波は「いかないで！」と唇を重ねてきた。次の土曜も、大樹が昔から憧れていた琴音をつれてきて、再び淫らな展開に。美波にはなにか思惑がありそうなのだが、それは……？　書下し官能エンタテインメント！

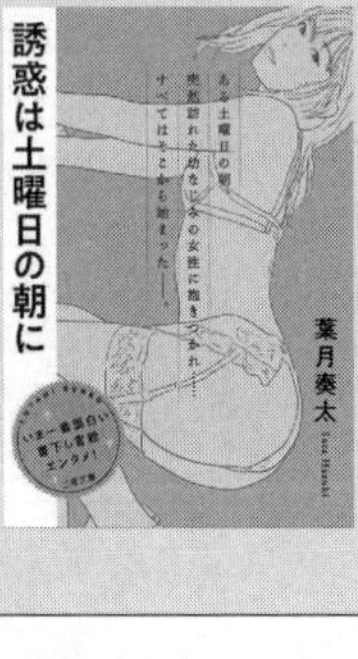

絶　　賛　　発　　売　　中

僕の上司は人妻係長

葉月奏太

入社二年目の友也は仕事でミスが多い上に、未だに童貞である。直属上司の貴子は既婚者だが仕事はできるし、憧れの女性でもあった。ある日友也は指輪を拾う。不思議な力を持ったこの指輪のおかげで立て続けに女性体験をすることに。ところが、電車内で痴漢から助けた女性が、実は貴子の夫の不倫相手であることが判明し……書下しサラリーマン官能！